女冠子

一生低首紫罗兰 周瘦鹃 文集

周瘦鹃 著

广陵书社

图书在版编目（ＣＩＰ）数据

女冠子 / 周瘦鹃著. -- 扬州：广陵书社，2020.3（2022.3 重印）
（一生低首紫罗兰：周瘦鹃文集 / 陈武主编）
ISBN 978-7-5554-1384-4

Ⅰ. ①女… Ⅱ. ①周… Ⅲ. ①短篇小说－小说集－中
国－当代 Ⅳ. ①I247.7

中国版本图书馆CIP数据核字(2019)第280916号

书　　名	女冠子	丛 书 名	一生低首紫罗兰——周瘦鹃文集	
著　　者	周瘦鹃	丛书主编	陈　武	
责任编辑	白星飞	特约编辑	罗路晗	
出 版 人	曾学文	封面设计	琥珀视觉	

出版发行	广陵书社
	扬州市四望亭路 2-4 号　　　　　邮编：225001
	(0514)85228081(总编办)　　　85228088(发行部)
	http://www.yzglpub.com　　　E - mail:yzglss@163.com
印　　刷	三河市华东印刷有限公司

开　　本	787mm×1092mm　　1/32
字　　数	100 千字
印　　张	6.5
版　　次	2020 年 3 月第 1 版
印　　次	2022 年 3 月第 2 次印刷
书　　号	ISBN 978-7-5554-1384-4
定　　价	45.00 元

1

试 探

　　那时正是深秋天气，院落中一树梧桐，撑着它瘦干儿战着西风，萧萧槭槭地做出一派潮声来。那树上早有好几十瓣黄叶飘落在地，被风儿刮着，兀在那里打旋子，倒像生了脚儿，满地里乱跳乱舞的一般。有一二瓣，却像鸟儿似的飞到一扇玻璃窗中，打在一个少年人的头上。这少年正拈着一枝笔儿，呆坐着想甚么似的，被这落叶一打，才微微地动了一动。当下就拈着那叶瓣儿，带笑自语道："我正在这里想那开场的几句点缀文字，兀的想不起来。如今蓦地里飞来这瓣梧桐叶，我倒有了句儿了。"于是把那笔在砚儿上蘸了一蘸，动手写道："秋深矣，落叶如潮……"不道刚写得两句，却听得呀的一声，门儿开了，趱进他的小厮小云来，提着嗓子说道："主人，外边有一个人求见。衣儿脸儿都很肮脏的，我问他要名刺，他却给我一个白眼。我回他说主人此刻不见客，他却老不肯走，说定要一见呢。"那少年怒勃勃地答道："小云，我正忙着，不能见他，可是那《秋声》杂志里正催着我的短篇小说，明天须要交卷的。他倘要见我，唤他停一天来就是了。"说着，动笔又写。小云忙道："主人，这个不行。他说主人倘若不见他时，他自管闯进来哩。况且那人又活像是个钟馗，怪怕人的，我倘出去回绝他，却要吃他一个耳刮子。"那少年皱了皱眉，把笔儿向桌子一丢，大声道："天杀的！不知道那厮是个甚么路数，偏偏这样打扰人！小云，你且去领他进来。"小云答应着，一路走将出去，一会儿就领着个五尺来长四五十岁化子也似的人闯进门来。

那人进了门，便张开了一张血盆大口，笑了一笑，露出那一半儿像黄蜡一半儿像黑炭的牙齿来。那少年一见这人，几乎吓了一跳，想小云说他像钟馗，委实一些儿不错呢。瞧他身上，穿着一件又肮脏又破烂的棉袄，也不知道它本来是甚么颜色。上边又满着无数的窟窿，一个个好像蜂房似的，那半黑半白的棉絮，也落在外边。下边一条犊鼻裤，恰正相得益彰。头上那头花白的头发，蓬蓬松松地堆着，多分是那虱类的殖民地。就那嘴边的须儿，也像乱草一个样儿。两只脚上，一只穿着草鞋，一只穿着破靴子，靴尖开着个老虎口，伸出五个脚趾来。那少年打量了好久，呆得说不出话儿。那人抬着两个铜铃似的血眼，向四下里溜了一下子，接着就劈毛竹般放声问道："你可就是甚么小说家唤做陈乐天的是么？"少年答道："正是。你要瞧我，可有甚么事？"那人老实不客气，鞠了个大屁股，在一把雪白椅套的安乐椅上坐下来，直把个陈乐天恨得牙痒痒地，却又不能发作。那人搁起了那只穿着破靴子的脚儿，五个乌黑的脚趾，也就和陈乐天行一个正式的相见礼咧。半晌，那人才道："陈先生，我委实苦极了！日中既没饭吃，晚上又没宿头，眼见得天已渐渐冷了，如何捱得过去？你可能可怜见我，收我在这里充一个下人罢？"乐天勃然道："我这里已有小厮，又有老妈子，不必再用甚么下人。"那人又道："先生，你瞧我样儿虽然不大好看，然而抹桌扫地倒便壶，都是一等的名手。府上虽已有了小厮老妈子，添一个下人也算不得多。先生很有好心的，请收了个可怜人罢！"乐天道："对不起，此刻我正有着事，可没有空儿和你歪厮缠，快些儿出去，别噜苏了。"那人现着哀求的样子，说道："先生，你瞧上天分上，赏赐一个饭碗给我。人家都拒绝我，人家的儿子们都撵我出来，只你总得体着上天的好心，赏我一个脸。就不肯收我做下人，可能听我说……"乐天很不耐地说道："但我没有这许多闲工夫呢！"那人道："先生虽没有闲工夫，可能从百忙中腾出十分钟的工夫来？要知我如今堕落到这般田地，情节很曲折的。先生既是个小说家，可要得一篇小说资料么？我的事儿，简直好做得一篇小说。先生听了，倘说好的，只消赏给三角四角钱，我也好捱过两三天咧。"那涎沫好像急雨跳珠般，飞在乐天脸上。乐天忙把自己的椅儿拽得远了一些，一边想那人的事儿倘能做得小说资料，倒也不恶。况且近来正苦没有资料，脑儿中又挖不出许多，单造那空中楼阁，究竟也不能持久。我不妨听他一下子，可不是浪费光阴呢！想到这里，便点上了一枝纸烟，吸着说道："如此你快说来，我便破了十分钟的工夫听着你。你要是胡说乱道，我便唤小厮撵你出去。"那人点了点头，忽从耳朵里挖出小半截的纸烟来，取了乐天手中的烟去接了火。一连吸了几口才抛在地毯上边，把脚儿一阵子乱踏。乐天瞧了这种情景，心中甚是着恼。

不一会那人便开口说道："十五年前，我也是个很得意的人，年壮志大，手头也有几个钱。一年上，我忽地发一个狠，想到美国营商去。好在我早年断弦之后，并没续弦，但有一个儿子，年纪还只十岁，我就把他托给一个好友，动身走了。不道船儿到了半路上，忽地触礁沉没，一时大哭小喊，闹得个不亦乐乎。妇人和孩子们都坐了小船，纷纷逃命，我们男子，只索一个个跳入海中。会游水的，自然保全了性命；不会游水的，都葬身海底。我平时原不会游水，只是徼天之幸，却飘飘荡荡地飘到了一个所在。幸而上天又可怜见我，给我遇了一位慈善的老牧师。老牧师见我落魄异乡，也不是事，就

试　探 5

收我在家中做他的下人。……"乐天道:"且慢,那艘沉没的船儿,唤做甚么名儿?"那人答道:"那船儿唤做'宝星'。遇难的时期,已在十五年前,那时先生怕还是个小孩子在学堂里读书咧。"乐天很诧异地说道:"咦,奇了。十五年前.我老子也坐了那'宝星'出去的,半个月后,陡地得了个恶消息,说那船儿已在半路上遇了难咧。我老子一去,也就永不回来。那时我虽是个小孩子,已懂得人事,自问自己变做了个没爹没娘的孤儿,好不悲痛,往往对着黄浦,下几行思亲之泪。然而酸泪入水,可也流不到美国去呢。如今你既说当年也搭着那'宝星'出去的,如此恰好和我老子同在一艘船上,不知道你可曾见过我老子?或者也认识他么?"那人愣了一愣,答道:"我认识的朋友们中并没有姓陈的,加着那船上虽然大半是外国人,内中却也有好几十个中国人,我可不能一个个认识他们呢。"乐天道:"只你唤做甚么名儿?"那人支吾了一会,才道:"我唤做丁通山,不过流落了十多年,几乎把这名儿都忘了。那些化子朋友,都称我做老丁。因此上你倘不问我时,我竟记不起来。"说完,把身儿牵动着,伸手到那破棉袄里去搔爬一会子。

接着伸出手来，把指甲儿轻轻一弹，就有一个小黑团铅珠似的着在乐天脸上。

乐天愣了一愣，又颤声问道："你、你唤做甚么？"那人答道："我唤做丁通山。"这当儿乐天口中含着的一枝纸烟，立时掉在地上，睁着两眼呆注着那人，又咕哝道："丁通山？怎么也是丁通山？"那人接口道："正是，我便是丁通山，便是十五年前的丁通山。只到了如今，人家怕已不认识我了。咦！先生，你怎么满脸现着奇怪的样子？难道十五年前你也曾听得过这名儿么？"乐天一声儿不响，兀在室中往来踱着。抬眼瞧那壁上挂着一幅大小说家施耐庵遗像，倒像在那里向他冷笑的一般。他一行踱，一行心口自语道："这是哪里说起？这么一个化子似的人，却是我的老子？瞧他的举动，分明是个下流；瞧他的面目，又可怕煞人。然而他的名儿，却唤做丁通山，却是我的老子！十五年前，我不是也姓丁么，只为他动身出门时，把我寄在一个朋友家中，后来听说他已在半路上遇了难了，便把我当做了义子，改姓了陈。直到如今，依旧用着义父的姓。然而我老子，却回来了！唉，这是哪里说起？我一个大名鼎鼎的小说家陈乐天，却有这么一个化子也似的老子，给人家知道了，可不要笑话我？况且我夫人又是个出身高贵的女学生，脸儿既俊，肚子里又有学问，平日间又最重贫富贵贱的阶级。凡是穷苦些的人，都吃她瞧不起的。此刻我怎能领着这化子似的老子去见她？还向她说道这化子便是你的公公，你便是他的媳妇？那时我夫人吃了这大打击，受了这大耻辱，怕要进碎芳心，立刻晕去咧！幸而此刻她不在家里，尽能瞒着她。照情势上瞧来，唯有不认他是老子，把他敷衍了出去。好在他已不认识我，不怕事儿破裂呢。"想到这里，就住了脚，说道："以后怎样，快说下去。"那人净了净嗓子，在地毯上连吐了三口痰。又把两个指儿做了个双龙入洞势，探到鼻孔中去挖了几挖，随手把旁边圆桌上的一张白毯子，抹着鼻子。一会，便把他十五年中种种的艰难困苦说了出来，其中还夹着些不名誉的事。乐天侧耳听着，好不难堪。等他说罢，就从身边掏出一张十块钱的钞票，授给他道："你的事儿怪悲惨的，我很可怜你。此刻你就取了我这十块钱，快些儿去吧。"那人刷地伸出一只很肮脏的手来，立时接了去，凑在眼儿上，瞧了好久，又把那纸儿弹了几下子，接着带笑说道："先生，多谢你！我已好久没有见过这东西咧。你听见我的事，竟赏我这许多钱，你实是一个活菩萨，实是一个大慈善家。那老天一定保佑你，保佑你的夫人，保佑你的公子，保佑你的千金，更保佑你的老太爷。"说罢，又一连谢了好几声，起身趑趄将出去。

乐天呆呆地眼送他出去，自语道："十五年中，一些儿没有消息，我当他总已死的了。谁知却没有死，却回来了，却又变做了这个样儿！唉，我怎能还认他是老子？怎能还唤他一声阿父？"当下里他便扑地投身在椅中，把手儿掩住了脸，一会儿才抬头来，把眼儿注在窗外。只一时他已忘了那桌上放着的稿纸，已忘了那"秋深矣，落叶如潮"的句儿，其余的事也一股脑儿都忘了。只暗暗想道：但我做下了这件事，可合道理么？我可能把十块钱，卖掉一个老子么？摸着良心自问，究竟有些过不去。可是他堕落虽然堕落，老子仍然是我的老子。我既是他的儿子，万不能做这丧尽天良的事。他虽堕落下去，我须得扶他起来，做了儿子，自该尽这儿子的天职呢。万一我将来也像他一个样儿，我儿子也抄了我的老文章，如此我漂泊在外，可搁得住么？想着恰又一眼望见了那梧桐树上一个鸟巢，每天早上他总和爱妻一块儿靠在楼窗上，瞧那小鸟们衔了东西回来，给老鸟吃。此刻一见了这鸟巢，心儿便大动起来。于是发了狂似的飞一般奔到门外，向四下里望时，却已不见了他老子。但见一个送信的邮差，踏着一辆自由车过来。乐天忙截住了他，问道："对不起，你一路过来，可瞧见一个衣服稀烂、四五十岁模样的人么？"邮差道："可是一个化子么？我瞧见的，他正在那横街上边，慢吞吞地踱着呢。"乐天不则一声，拔脚就奔。不多一会，已到了横街上。抬眼瞧时，却见他老子正坐在一家后门的檐下，低着头儿把那钞票一条条地撕着。乐天不敢怠慢，气嘘嘘地赶将过去，向他说道："你老人家，可能跟着我来？我有一件很奇怪的事告诉你，怕你老人家听了，定要咄咄称怪咧。"他老子却不理会，依旧撕他的钞票。乐天愕然道："咦，你老人家，怎么把这好好儿的一张十块钱的钞票撕做纸条儿了？"他老子嗤地笑了一声，仰着脖子说道："这到底是甚么东西，我委实不认识它。只为耳朵里痒痒的，手头又没耳扒子，不得不借着这捞什子的造它

　　　　女冠子

一个。"说时，取了两条在手掌中搓着，搓成了个细条子，在耳中一阵子乱扒。乐天瞧了，伸出了半截舌子，缩不进去。于是急忙拉着他老子三脚两步回到家里，恭恭敬敬地请他进了书房，只把个小云睁着两个乌溜溜的小眼珠，瞧得呆了。到了书房中，乐天便跪在地上，亲亲切切地呼道："阿父，你回来了！我便是你的儿子！便是你十五年前寄给个朋友的儿子！"他老子带着诧异的样儿，忙道："咦，怎么说？你是我的儿子？我姓丁，你姓陈，彼此可不相干的。快起来，你这样跪着，可要折煞我化子了。"乐天急道："阿父别说这话儿！刚才孩儿不过一时误会，并不是有意不认你是老子。十五年前，孩儿原也姓丁，只为那时听得了'宝星'遭难的消息，道是阿父也落了劫数。你那朋友见我没了老子娘，怪可怜的，因此上把我做了义子。从此以后，我也就姓了他家的姓。如今阿父既回来了，那是天大的喜事！委实说，这十五年中孩儿也刻刻记挂着阿父呢！"到此他老子便把他扶了起来，紧紧地拥抱着，荷荷地说道："我的儿！我的儿！上天可怜见我们，使我们父子俩今天合在一起咧！"乐天抬头瞧他老子时，只见那血红的眸子中已满着眼泪。

　　父子俩拥抱了好久，猛听得外边叮叮地起了电铃之声。乐天忙道："阿父，你媳妇回来了！像这样儿，如何和她相见？"他老子道："正是，这便怎么处？常言道丑媳妇怕见公婆，如今却变了个丑公公怕见媳妇咧！"乐天一声儿不言语，拉着他老子飞也似的赶上楼去。先领他到浴室中，给他洗了脸，又取了自己的衣服靴帽，唤他更换。一面三步并做一步地奔下楼来，到那客堂里头。这时他夫人却已姗姗地走进来了。见了乐天，便呆了一呆，娇声呖呖地呼道："咦，乐天，你到底为了怎么一回事？脸儿白白的，像是受了甚么刺激咧。"乐天同她进了书室，柔声说道："婉贞，今天平地里来了一件喜事，很奇怪的，你听了一定也要说奇怪。往时我不是和你说，我阿父已在十五年前在一艘船上落了难么，不想过了十五年，他老人家却好好儿回来了！"乐天说到这"好好儿"三字，却微微皱了皱眉。他夫人白瞪着一双凤眼，说道："乐天，你可是发了疯么？公公早已葬身海底，怎能回来？"乐天慢吞吞地答道："已回来咧。那时他并没有死，却飘泊到一个所在，被一位老牧师收留了。以后一连十多年，兀和恶运交战，吃尽了困苦。此刻回来，委实不成个样儿，然而他究竟是我的老子，我须得爱他。你瞧我分上，也须得孝顺他。"他夫人欣然道："做媳妇的原该孝顺公公，还用你教我么？乐天，你阿父回来了，这是我们天大的喜事。不过这事儿来得突兀，简直好像是梦境呢！乐天，公公此刻在哪里？快和我说。"乐天道："别响，他已经楼上下来咧。"说时，那扶梯上果然起了一片脚步声。一会儿他老子已入到室中，指着他夫人问道："乐天，这可就是我的媳妇么？"乐天答应了一声"是"，只呆瞧着他老子。原来他老子此时似乎已受了幻术，全个儿变了，刚才那种下流人的神气，一些儿都没有，态度又庄严又大方，俨然是个上流社会中的老绅士。刚才那双血红的眸子，和那血盆的大口，也都变了个样儿。那种乱草似的须儿发儿，也整整齐齐的，只带着些花白之色。乐天瞧着他老子，直当做大剧场中的名优化了妆咧！他老子却悄悄地说道："乐天，你瞧了你老子这个样儿，可不失望了么？我已在这十分钟中，学那《西游记》中齐天大圣的法儿，变了一变咧！"乐天呆着说道："我不明白！我不明白！"他老子微笑道："现在你不明白，停会儿我就使你明白。"说时，吸着一枝雪茄，连吐了几口烟。乐天的夫人，只在旁边呆瞧，一时倒做了丈二的和尚，摸不着头脑起来。

一会那老头儿便伸着一只手，搁在乐天肩上。带笑说道："我的儿，我这回特地来试验你的，你险些儿失败呢！"乐天垂倒着脖子，低声答道："请阿父恕了孩儿！孩儿很觉惭愧！"他老子道："你没有甚么惭愧，我也决不责备你。上星期我既回到了这里，知道你已成了个有名的小说家了。听说你仗着一个笔头，做得很有出息，于是我想先和你玩耍一下子，然后和你说明。哪知你竟险地上了我的当儿！"乐天道："阿父，只你十五年中到底在哪里？做了些儿甚么事？"他老子道："那时我既到了那老牧师家中，做了三个月的下人，老牧师见我为人诚实，又能书算，便把我升做了书记。以后我却认识了几个美国朋友，彼此十分投契。这样过了一年，他们要到加利福尼亚去找寻金矿，约我一块儿去。我们困苦颠连，捱了三个年头，别说金矿没有找到，连金屑都不见一粒。末后乞食度日，流转到了墨西哥。仗着我们两年中的热心毅力，竟找到一个金矿了。从此我们几个乞儿，便变做了富人，大家合开了几爿大公司，生意非常发达。十年中我恋着美国，不想回来，只如今钱儿太多了，一个人尽着使用也用不了千分之一，于是我便想回来，找我十五年前分手的儿子。恰好上月有几个同国的人要回来，就同着他们合伙儿走了。"乐天道："阿父，但你刚才那种样儿，如何扮得很像化子？连那脸儿也可怕煞人！"他老子笑道："这是很容易的事。我这里还有一个老友在着，恰开着个戏园子。我便央他班中的戏子们，替我化了妆，趱将回来，自然活像是个化子了。"乐天拍着手儿笑道："好耍子！好耍子！但孩儿那张十块钱的钞票，须要阿父赔偿呢！"他老子荷荷地答道："我的儿，赔偿你就是。任你要一百张、一千张、一万张，我都有呢！"说完，伸着两手挽着他儿子和媳妇，嘻开着嘴儿不住地笑。

那时小云已在门罅里张了好久，到此便也走将进来。乐天拉着他的耳朵，笑着道："小鬼头，你该向着这钟馗，喊一声老太爷！"小云便扑倒在地，做了个鬼脸儿，喊道："钟馗老太爷！"于是三人大家相觑着，碟碟格格地笑个不住，连那窗外梧桐树上的鸟儿，也似乎做着笑声咧。

（原载《小说画报》第 5 期，1917 年 5 月出版）

九华帐里

　　周瘦鹃道：大中华民国六年二月十九那天，我在也是园中成婚。证婚人包天笑先生运着他粲莲之舌，发了一番咳珠吐玉的妙论，劈头就说瘦鹃是个爱情小说的老作家，他那言情之作不知道有多少，我们见了他，便好似读一篇言情小说。今天我们见了他们一对佳偶，更好似读一篇极愉快极美满的言情小说。然而他以前的著作，都是理想的，以后的著作就要入于实验的。我们料知不上几时，瘦鹃定能做几篇事实的言情小说，饱大家的眼福呢。这一番话儿，又给《小时报》登了出来。还有一位陈蝶仙先生，握着他那枝生花之笔，做了四首半庄半谐的好诗，当日登在《申报·自由谈》上。于是我的新婚倒被人家做了个插科打诨的资料。隔了一天，我那好友丁慕琴、王钝根、李新甫闯进门来，赶着问新婚第一夜，可在九华帐里说了些甚么情话？多分把平日间做言情小说的几句妙语搬运尽了。我忙道："你们真要听我九华帐里的情话么，这也使得，但你们须得耐性些儿，停几天就《小说画报》中瞧罢。"当下我就在怀兰室中，静坐了会儿，托着腮子，想了一想。一时茶香砭骨，花影上身，不知不觉地动了文兴。忙唤凤君焚了一盘香，揭开了百叶窗上的白茜纱，提起笔来，在蛮笺上写了四个现现成成的字道："九华帐里。"

凤君啊，今天是我们新婚的第一夜，今天是我们家庭生活的开幕日！我们以后的闺房是天堂，是地狱，便

在今天开场；我们以后的光阴是悲苦，是快乐，便在今
天发端。所以今天这一天，实是我们一辈子最可纪念的
日子，任是受了千魔万劫，永永忘不了的。从今天起，
你便是我家的人，你那胡凤君三个字儿上边，已加上了
一个周字。你既进了我姓周的门，自然要替我姓周的出
些子力。我们一家的重担，须我们两口子合力挑去，一
半儿搁在你肩上，一半儿搁在我肩上，彼此同心同德，
排除前途无限的困难。堂上老母，须得好好儿侍奉；家
中百事，须得好好儿料理。有时我有甚么愁闷，你须得
体贴我，怜惜我，要知夫妇之间，重在一个爱字。这爱
字便从体贴中怜惜中发生出来。夫妇俩要是相亲相爱，
白首无间，如此我们一辈子的岁月，直好似在花城月窟
之中，寸寸光阴都像镀着金，搽着蜜糖，大千世界也到
处现着玫瑰之色。我们耳中，常听得好鸟的歌声；我们
眼前，常瞧着好花的笑容。一年四季，都觉得风光明
媚，天地如绣，虽在严风雪霰中，也自酝酿出一片大好
春光来。所以夫妇相爱，实是要着，其余富贵穷通都是
小事。倘若有了金钱没有爱情，红丝无赖，又不容你摆
脱，如此名义上虽是夫妇，实际上还有甚么乐趣？从古

九华帐里　　　　　　　　　　　　　　　19

以来，不知道坑死了多少好女子咧。今天是我们的新婚第一天，总得想一个永远保持爱情的法儿，日后天天晤对，两下里该当掏出心儿，相印相照。去年我有一位朋友新婚，曾送他一副喜联，叫做"郎是地球侬似月，卿作香车我作轮"。我以为夫妇倘能相爱到这般地步，才是家庭中莫大的幸福。做丈夫的好似地球，做老婆的好似月轮，彼此吸引着，相绕而行，任是亿万斯年，可也分不开去。或者一个做车身，一个做车轮，同行同止，相依相附，次一层说，也是好的。你听了我这番话，心中可明白么？我在平日，并不想娶妻。古人说得好：书中自有颜如玉，书中自有黄金屋。就我自己所做的小说中，也正有无数的好女子在着，我只守着一个，也能算得我精神上理想中的贤内助。只为了老母分上，又不得不略尽人事。如今你过了门，我很盼望你做一个贤妻。古今中外，贤妻也着实不少，有助着丈夫从军杀敌的梁红玉，有助着丈夫著书立说的托尔斯泰夫人，有助于丈夫福国利民的格兰斯敦夫人。在我才疏学浅，一无所能，原不敢比那些古今中外的名贤，然而我期望你的心，却很不小，愿你努力前途，做我的内助。前天晚上，我曾接到一封南京来的西文信，是我一位好友黄君的手笔。那信中连篇累牍都是祝颂的话头，说他虽没见过你一面，但从理想中揣测起来，定像海勃（希腊神话海勃为司春之女神）那么美丽，定像鲍梯霞（莎翁《肉券》剧中人物）那么名贵，定像周丽叶（莎翁《铸情》剧中人物）那么温柔，自配得上生受我的爱情。和我一块儿在花城中并肩走去，你像那夏天的暖日，我像那秋夜的明月。这一段姻缘，不但是夫妇两口儿的幸福，也是一家腾达之兆。瞧来爱神解事，特地把金箭射中了我们的心儿，才能结成一对美满的鸳鸯呢。这几句话，都是黄君信中的话头。我很望我们俩能够依着他的话，也算不负好友千里外传来的一片好意。别使我们两人中间，隔入一层云幕。要知一丝微云，就能全个儿打消我们的家庭幸福咧！

至于我的身世，你或者知道一二，当初订婚时，曾由介绍人转达。可是我是个贫家子，一些儿不用讳饰的，长夜未央，不妨把详情说给你听。我在六岁时候，就变做了个孤儿。可怜阿父生了一场伤寒重症，竟自撒手归天，父子间的缘分，单有这很短很短的六个年头。我瞧人家父子，往往同到白头，就到了潘鬓成丝的当儿，还能向着白头老父亲亲切切喊一声"阿爷"。如今我即使喊破了喉咙，可也没一个人答应，就这声声唤爷之声，可也达不到九泉之下呢。阿父死时，恰是庚子年，北京城中闹得个沸反盈天，不想家忧国恨，竟罩在一个六岁小孩子的头上。阿父在日，本是个放浪形骸的达人，家人生产一概不放在心上，所以一朝撒手，家中就半个钱儿都没有。加着病了一个多月，医药费也化了着实不少，一切首饰衣服，都当的当，卖的卖。阿母椎心泣血，但求阿父平安，日夜地苦唤上天，愿将身代。半夜里独到中庭，焚香拜天，磕得额儿上边起了一个个大疙瘩。末后钱儿没有了，不能再请甚么医生。瞧阿父病势，也一天重似一天。一天晚上，阿母便发了一个狠，从臂儿上割了一大块肉，煎了给阿父吃。阿父并不知道阿母割股，一口喝了下去。第二天瞧见了洋纱衫上血痕外透，方始觉得，止不住长叹一声，落了几滴眼泪，向阿母说："我终对不起你了！"阿父临死，好似发了狂的一般，陡地从床上跳将下来，赶到外室直着嗓子仰天大呼道："兄弟三个，英雄好汉！出兵打仗！"喊了这三句，才又回到床上。不多一刻，气绝了。如今我追想遗言，很觉奇怪；

女冠子

细细味去，分明有唤我们兄弟从军的意思。然而我们不肖，依旧埋首牖下。阿兄既不长进，我也日就堕落，清夜扪心，好不惭愧死呢！阿父死后，甚么都很困难，连那殡殓之费，也没着落，亏得几位亲戚，仗义相助，好容易把阿父殓了，送往苏州祖坟上安葬，然而以后的日子，也很难过。那时阿兄只十岁，我六岁，阿妹四岁，阿弟还不到一岁。阿母赤手空拳，带着四个小孩子，如何度日？有几位亲戚便劝她把我、弟、妹，送给了人家，免得多这三个口腹之累。阿母却咬着牙关，抵死不依，说这是阿父一线血脉，万不忍抛弃的。从此她便含辛茹苦，把我们兄弟四个抚育起来。亲戚们见她可怜，也贴补她几块钱。她又仗着十指，日夜地做着女红。每月四五块钱的收入，已够敷衍那开门七件事。我们的房租，原是最便宜的，平房三间，每月不过一千六百钱。那屋子也破旧不堪，檐牙如墨，墙壁又乌黑的。我和阿兄、阿妹、阿弟，都生在里头，一连住了二十多年。这三间平房之中，委实渍着我无数泪痕！你倘到小东门内县西街瞧去，便能见洽升弄底有两扇黑的门儿，这黑门里头，便是我一辈子最可纪念之地。现在我偶然走过，还觉得无限低回呢。

那时阿母既要做女红，又要看顾我们，未免顾此失彼，幸而外祖母到来助她一臂。这外祖母的大恩，实是我刻骨镂心忘不了的。七岁时上学读书，外祖母也着实操心。每天日映纱窗，领着我一同上学，等到斜阳下树，又来领我回家。一路上提携保抱，何等怜惜！我在学堂中，倘受了同学们的欺负，外祖母知道了，总来告诉先生，替我报复。到了晚上，外祖母总得和我温字，一灯相对，孜孜不倦，目光书影，赶去那几点钟的光阴。更漏声中，往往夹着我的朗朗书声，到了夜半才罢。如此过了三年，我委实得益不少。十岁时抛了私塾，进养正小学读书。只为那时恰好没有义额，一年中好容易出了十块钱的学费。我进这养正，也是出于一时的高兴，因为阿兄已在那里读了一年，年底回来，得了奖赏；我瞧着他，好不眼热，于是镇日价闹着阿母，定要进那养正小学去。阿母拗不过我，就答应了。难为她做了两三个月的苦工，换到了十块钱！我见钱儿来处不易，自然用心向学，暑假年假大考，居然也得了奖赏回来。第二年上，恰空了个义额，校长便把我补了。第三年养正停办，我就转到一个储实两等小学里头，依旧不出学费，做一个苦学生，读了两年，渐有门径。慈母的辛苦，也已达到了极点。这年年底，我已毕业，明年春上，升进了民立中学。校长知道我是个孤儿，又从储实升过来的，因此也不收学费，只消买些书籍，一节上倒也有十块八块钱。临时没法应付，只得到处张罗。亲戚们见我有志读书，自然也肯借贷。我进了民立，益发认真，往往夜深人静还在读书灯下。外祖母见我寂寞，总在旁边作伴。难为她白头老人，常把心儿系在我身上！我受恩深重，哪得不感激涕零呢？阿母到此，已守了十年的节，人世间的忧患困苦，甚么都已受到。年年压线，十指欲折，就是我们兄弟四人的衣儿帽儿鞋儿，也都出于慈母之手。外祖母竭力相助，不辞劳瘁。但是想前思后，大家都不免落几滴伤心之泪，所希望的只在我们兄弟罢了。

不上几时，外祖母也归了天。阿母失了右臂，何等悲痛！我从小生受她的感情，自也分外伤心。风清月白之夜，还仿佛瞧见她老人家巍颤颤地坐在我读书灯畔咧。十七岁上，我已升到了正科第三年级，眼见得去毕业还有一年了。我一边用心求学，一边却在那里想谋生之道。可是光瞧着阿母日夜劬劳，挣饭给我们吃，寸心耿耿，如何搁得下去？那时我读书之暇，很喜欢看几部小说。这年暑假，没有甚么事儿做，不知不觉地发了小说热，竟胆大妄为地想做起小说家来。那一片热心，真比了那满地的骄阳加上几十倍热！暗想我倘做了一万二万字的小说，卖给哪一家书坊里，倘能换它十块二十块钱，也能分去阿母一半儿的劬劳。这一件事瞧来很做得呢！打定主意，便动起笔来。然而写来写去，总觉不像小说。一天偶然见了人家一种剧本，心想这个似乎比小说容易。说白是说白，动作是动作，上下只消话头搭凑，文势不必相连，我倒要老着脸试它一试。于是就借着一本杂志里一段笔记，唤做《情葬》的，铺排出一本《爱之花》剧本来。一幕接上一幕，一共做了十二幕，约莫一万五六千字。好容易做了一个月光景，总算大功告成，便署了个泣红的假名，投到《小说月报》，一面瞒着阿母，不给她知道。一连几天，我心中怀着鬼胎，想这第一回出马，怕不免要失败呢。谁知过了一礼拜，《小说月报》社中，竟差一个人送了十六块钱来，还附着一封信，说："你的稿儿很好，我们已收用了。"阿母见平白地来了这十六块钱，喊了一百声奇怪。当下我和她说明了缘由，她就欢喜起来。这一下子，我也好似一交跌到了青云里头，真个栩栩欲仙。可是我们弄笔墨的初出茅庐，自有这一种快乐。后来那稿儿印在报上，我还翻来覆去地看了几遍，其实这种狗屁文章，可不值识者一笑呢。然而这《爱之花》虽是儿戏之作，却也上过台盘。那时我朋友汪优游、王无恐、凌怜影一班人，正在湖南开演新剧，不知怎样却看中了它，改了个《儿女英雄》的名儿，竟在红氍毹上演将起来。一时名将、美人，演得有声有色，拍手喝彩之声，腾满了汉水两岸。三年后来到上海，也着实受人欢迎。我先还并没知道，也并没去瞧过，后来遇了郑正秋，才知《儿女英雄》即是《爱之花》。这一件小事，也算是我当时的得意事呢。

入秋开学，我已进了第四年级，明年的暑假，照例能够毕业了。不想到明年五月中间，忽地吐起血来。阿母劝我在家中休息，不许上学。这么一来，就错过了毕业的大考，隔了半年，我病体已经复元，那民立中学的校长苏颖杰先生，便唤我去担任预科的教务，我担任了一年，却把课堂当做了恐怖之窟。因为学生们都是我的同学，不肯听我的教诲，我年纪又轻，没法制服他们。这年年底，我就辞了职出来。好在这一年中，我已做了好几种短篇长篇的小说，分投各种日报杂志，收用的很多。打回票的也有，我只修改了一遍，仍能投将出去。那时我"瘦鹃"两字，就像丑媳妇见公婆似的，渐渐和社会上相见了。第二年春上，我便把这文字生涯继续下去。这一年正是小说最发达的时代，所以我小说的销场也很广大。到此我便和那二十年息息相依的三间平房告别而去，住在法租界恺自尔路一所小洋房里头。每日伸纸走笔，很有兴致，一切用度，还觉充足。阿父的遗债，也还清了好些。我见阿母辛苦了十多年，没享过一天清福，便劝她抛去了活计，节劳休养，说以前阿母养我，以后我该养阿母了。这样过了一年，我就进了中华书局。两年来笔耕墨耨，差足温饱。不过生性多感，常觉得郁郁不乐，只当着阿母又不得不勉强装出笑容来。阿母本来很知足的，见衣食不用担心，已很得意。但我侍奉无状，问心有愧，对着老母总觉抱歉万分呢。

　　唉，凤君啊！我的身世已经说得很明白，你听了，便能知道我是从千辛万苦中血战肉搏过来的。阿母更

28　　　　　　女冠子

不必说，比我还要辛苦万倍。我如今二十三岁了，阿母二十三年的精诚血泪，也就聚在我身上。以后第一要着，我们就要孝顺阿母。你须当她是自己的阿母，时时体贴她，使她快乐。你倘爱她，便是爱我。我宁可见你分了爱我之情，全个儿加在阿母身上。可是我的阿母，比不得人家的阿母，你该另眼相看，特别优待。你倘逆她一些，上天可也不许的呢。况且阿母不但是个十七年苦守清贫的节妇，也是个孝感天心的孝女。从前外祖母六十岁时，生了一场大病，医生们都已束手，说是不救的了。亏得阿母割股，才从死神手中夺回了外祖母的性命。外祖母醒回来时，曾向阿母说："你这一片孝心，已延了我十二年的寿命。"后来外祖母归天时，一算恰是十二年。这一件事，直能使人天感泣呢！现在阿母左臂上，还有两个割股的瘢痕，高高地隆起着，一个便是为了外祖母，一个便是为了阿父。以前我瞧了往往泪落。外祖母晚年生了眼疾，阿母清早起来替她舔眼，病时日夜看护，衣不解带。近来的女子，哪有这种血性？怕她们母亲病死在床，她们还在戏园子里看戏行乐咧！从今以后，我们该当追想她的前事，力尽孝道，就在我们两口儿的心窝之中，替她竖一个孝女碑，造一座节妇坊，使她桑榆晚景，常在春风化雨中呢。凤君，天将要亮了，从明天起便是你做媳妇的第一日。以后年年月月，你须得记着这新婚第一夜九华帐里的一夕话。别忘了！别忘了！

（原载《小说画报》第6号，1917年6月出版）

噫之尾声

——噫，病矣

看官们请了，在下前几天不是曾经有过八篇短篇的哀情小说，总名唤做《噫》的么？瑟瑟哀音，流于言外，滔滔泪海，泻入行间，想看官们读了，也曾掉过几行眼泪，叹过几口气来。不道吾叹了这八口不舒不畅的鸟气，却惹了一场不大不小的恶病。这一病中，发生了无限的感触，明白了许多的事理，搁了好几天的笔墨，受了一大番的痛苦。看官们要知道吾们这笔耕墨耨的生活，委实和苦力人没有甚么分别，不过他们是自食其力，吾们是自食其心罢咧。就这小说家三字的头衔，也没甚希罕，仔细一想，实是小热昏的代名词。那林琴南啊，天笑生啊，天虚我生啊，便是小热昏里头的名角儿，可以进得玄妙观，上得城隍庙，当着千千万万的人，舌粲莲花的说他一大篇。至于在下呢，只索向荒村寒市老虎灶上，冷壁角里敲敲破铜钹，嚼嚼烂舌根，给乡下人开开笑口，替小孩子寻寻快乐，也不敢老着脸儿，挂甚么小说巨子著作等身的大招牌。虽然偶一挂之，还不妨事，然而挂了之后，反觉问心多愧，还是不挂的好。况且像在下这么个后生小子，肚子里空洞洞的没甚么东西，恰合着当代大小说家恽铁樵先生所谓"才解涂鸦，侈谈著述"的八个字儿，其实在下连鸦儿也涂不相像，不然吾就学吾老友丁慕琴揣着画笔画板做画家咧。至于在下的文稿，一股脑儿都是废物，既不合覆酱瓿，也不配糊纸窗，因为在下的稿纸，都是蓝格子的洋簿纸，覆瓿嫌它不伏贴，糊窗又嫌它太厚笨，不比桑皮纸那么透明耐久。幸而那些编辑小说的先生们，大约都是慈善家，见了吾这些呕心剜血的文稿，往往赏收，没有退回来的，因此吾一家的生计倒还过得去，吾的心儿脑儿虽然苦了些，吾和家人们的身儿总算暖了，肚儿总算饱了。

不料天有不测风云，人有旦夕祸福，这回没来由生了一场病，却累我受了个很大的损失。原来吾除了投稿以外，还在中华书局编辑所里当一个译员，局中定例，有人不到一天，便扣他一天薪水，还把年底的双俸上也扣去一天，吾如今不到了六七天，一扣倒是个大数目。这局中每月的薪水，吾自己委实分文不用，全个儿给吾母亲，作为甘旨。吾说起了母亲，理应替看官们介绍介绍，吾母亲实在是世界上天字第一号温柔敦厚、恺恻仁慈的母亲，并且吾的母亲，不比人家有福儿郎的母亲，她却是从十五年的眼泪十五年的辛苦中磨炼过来的。看官们啊，在下此刻把眼泪滴在墨水壶中，把泪墨和在一起，细细写出来告诉你们：

在下生来就是个不幸之人，六岁上没了父亲，阿母茕茕寡鹄，何等凄凉！膝下除了在下以外，还有一个哥哥、一个妹妹和一个襁褓里初生两个月的小弟弟，要是吾家放着几个钱，我母亲就可以减轻许多的担负，偏偏吾家又是个赤贫之家，便是父亲身后，也多半借重亲戚朋友的大力。可怜从此以后，这一副千斤重担，就全搁在吾母亲肩上。天天靠着十指，孜孜力作，尝遍了世味辛酸，抚育到吾们长大。吾现在居然二十一岁了，只想起了二十年慈母劬劳，眼泪就禁不住滚出来了。平日间吾虽不敢说曲尽孝道，但是母亲一言一语，吾总不肯违拗，不论甚么大小的事，吾总不敢使她有些儿不快乐。她不快乐时，吾总竭力使她快乐，她快乐时，吾便和着她一块儿快乐。吾每月的薪水，得来就交给她，不短少一个大钱，不耽搁一个黄昏，使她过这安心的日子，不再像从前的忧急。吾单尽了这一些子做儿子的本分，母亲已不住的当着人家说吾孝顺。咳，看官们啊，说起了一个孝字，吾又勾起一肚皮的牢骚。你瞧上海这么大的地方，好许多青年子弟竟全把孝子两个字弄错了，说孝子是老子娘孝顺儿子，并不是儿子孝顺老子娘。其实呢，孝子两个字，是古人用来称呼那些孝顺父母的人，所以这孝字是形容词，并不是动词，分得很清楚的。叵耐人欲横流，正教扫地，瞧这富贵场中的孝子，本来没有，就是贫民窟里，也很难得。据吾眼中所见，姑且说两件给看官们听听。

　　吾有一个亲戚住在城里，这亲戚家的房东，已好几年没了她当家的，膝下单有一个儿子，手头也着实有几个钱。平日间这做儿子的吃得好，穿得好，出去时俨然是个名门大户的公子哥儿。十九岁上，他母亲就取出一大注钱，替他娶了老婆，他似乎得意，也似乎不得意。那时他在一家药房里办事，每月的薪水，约有二十块钱左右，但这是他自己的零用，从没一文钱到家的。过了一时，他在外边渐渐儿放肆了，这位哥儿，原是喜欢阔绰的，花柳场中，不免也去走走，似乎不走也算不得个哥儿。叵耐每月的薪水，不够他挥霍，就慢慢儿的欠起债来，可是债儿这样东西，生殖力最富最快，一天积一天，一天多一天，到头来竟合着俗语说的欠了一屁股两胁子的债咧。幸而到了节上，有他母亲出来算账，但他对他母亲，丝毫没有感激之心，便是他母亲的一言半语，也不肯依从。一年以后，居然得了个儿子，他母亲好不快乐，他却依旧在外边乱混。混了几时，忽地说有一个好友荐他做甚么洋行里的买办了，当下天花乱坠的说了一阵，向他母亲要了三四百块钱，作为应酬之用。他母亲听了，快乐得了不得，自然没有不依的。从此以后，他就把窑子当做了自己的家里，成日成夜的盘踞在里头，和酒连绵，天天不断。这样花天酒地的混了两个多礼拜，他那朋友早在暗地里吐舌，想他没有做买办，先是如此的阔绰，做了买办，可了不得，因此就不敢荐他，后来这事就渐渐儿变做了空花泡影。他倒也不很可惜，只管天天在窑子里喝酒赌钱，索性把母亲妻子都忘怀了。他母亲夜夜到窑子里找他，有时他从后门逃了，有时躲不了，只得一块儿回家，便深更半夜的大骂，说死也愿意死在外边，他母亲奈何他不得，只得听他出去。过了十几天，却有人上门来替他说亲，说他在外边说新死了老婆，预备娶续弦呢，他母亲听了，直气得个发昏。唉，这种不孝之子，不知道碎了天下多少慈母的心儿咧。过后在下微微听得人家说起这位老太太，从前也不十分孝顺她母亲。她母亲老了，没有依傍，没奈何靠着她过日子，她却把一间秽气薰蒸的柴间给她母亲做卧房，一日三餐，也嫌她母亲肮脏，不准她母亲坐在一块儿吃，只在碟子底里分些儿饭餐给她，有时心里不自在，便把她母亲哼哈着出气，她母亲病了，也不好好儿去服侍她，到头来竟把这老婆婆活活气死。吾听了不觉点头微唱了一声，想这也是个报应，自己不尽了孝道，将来便吃儿女们的苦。看官们，这是富贵场中一段故事，以下便讲到贫民窟里去了。

两三年前吾家常常有一个老婆子来走动，不知道她姓甚么，只听得吾母亲唤她阿华的娘。她来时总提着一只旧竹篮，篮里放着几枝不值钱的花儿，有时也有四五枝白兰花。瞧她样儿，已有七十多岁，脸儿又枯又黄，满嵌着皱纹，几根头发，已从白的泛做了黄，背儿曲的好像一张弓儿，身上的衣服更是破碎不全，脚上也没有鞋儿穿，只拖着一双破草鞋。吾母亲很可怜见她，常作成她几枝花儿，且给她喝一杯茶儿，润润枯喉，教她休息一下子，她坐了叹了一会苦，也就称谢去了。往后吾听得母亲说起，这可怜的老婆婆，养了个不孝的儿子，所以头发白了，还须自己寻饭吃。她儿子名唤阿华，是个黄包车夫，赚了钱不养老母，只顾自己抽鸦片，鸦片越抽越多，良心越薰越黑，觉得他的身体，是从鸦片烟缸里熬出来的，和旁的人毫不相干，逼得他白发萧萧的七十老娘，日上街头卖花去了。但卖花也须本钱，可怜这老婆子哪里有甚么钱？七拼八凑，只有五六个铜元，乱买了些贱值的花儿，勉强撑着几根老骨头，把上海城内的大街小巷，走了一半，一边走着，一边声嘶力竭地喊卖花。可恨那些红楼窗畔的娇娃，只爱那娇音清脆的吴侬，这肮脏老婆子，休想承她们的青眼，所以这老婆子跑了半天，花儿总卖不完。就是卖去的几朵，也很费力，除了花儿之外，还须加上几句大慈大悲救苦救难的可怜话儿，人家激动了慈悲心，才勉强买她几朵。到了十一点钟左右，她总提着卖剩的花，赶到吾家来，求吾们作成她，吾们不忍推却，便叫她吃了饭儿去，有时多给她几个钱，教她好好儿回去。她回去时，一路上瞧见垃圾堆里有几片菜皮，便拣在篮里，又买一些油，籴几粒米，带回去烧一些粥吃，听说她每天从没有吃过三顿的。她住的所在，不消说是一所七穿八洞的小屋子，阴天不遮雨水，晴天不遮日光，晚上躺在冷冰冰的破床上，做她辛酸劳困的苦梦。那位不养老母的孝子，也不去张她一张。过了几时，不知怎，那老婆子不到吾家来了，吾们很为咤异，问人家才知道她七十多年的苦生活，已经做完了。她临死时很想她儿子，盼望着见最后的一面，叵耐她儿子到底不来，她死了之后，两个眼儿还张得大大的，望着那扇破门，尸身搁了三昼夜，才给善堂里收拾了去。

这两段故事，都是说母子间的，还有父子间、母女间、父女间的事，吾也见得很多。只恨在下有一个恶习，凡事说开了场，便像自来水坏了龙头，要阻住这滔滔汩汩的水，一时很难措手。这小小一本《礼拜六》里头，可不能听吾一个人回翔，如今索性不说了。不说了故事，却要和看官们谈几句天。看官们不是都有父亲母亲的么？看官们读书明理，不是都很孝顺父亲母亲的么？刚才听了吾两段故事，不是都切齿痛恨那两个逆子的么？唉，凡人立足在这世界上，哪一个没有父母？既有父母，哪一个不该尽孝？但想吾们的身体、吾们的名誉、吾们的事业，都出于父母之赐。吾们从小儿长大起来，不知累父母抛了多少心血，所以吾们一辈子所最宝贵的，就是这一个父亲、一个母亲。这一个父亲、一个母亲没有了，任你上天下地，任你万唤千呼，休想见他们回来。可怜在下六岁上没了父亲，如今连父亲的声音笑貌，几乎追想不起来，然而吾又从哪里去寻他呢？看官们好福气，既有父亲，又有母亲，该像夜明珠般时时捧着，别放他从手缝里滑去了。在下说到这里，有几位不耐烦的朋友，跳起来嚷道："唅，瘦鹃你这篇小说标题的，分明是说你的病儿，如今你丢了病不说，却海阔天空的说出一篇大道理来，岂不是去题万里？"在下只得长揖谢罪道："对不起，对不起。"但在下做这篇小说，着眼实在一个孝字，因为一病十日，眼见得慈母劬劳，心中一百二十个过不去。又把吾慈母的心，揣测天下慈母的心，想来都是一样。大凡做父母的，人人爱他儿子，做儿子的，自然也该人人爱他父母，因此在下不辞瘝口，说这一大篇话。不然，在下生了病，有甚么大惊小怪？万一死了，难道还要世界各国替吾举哀么？

若讲吾的病，便起源在那前四个《噫》出版的前一天。那天起身时，微觉头痛，并且有些儿发热，吾毫不在意，照常出去做事。第二天依旧发热，吾也仍然出去。第三天是礼拜日，无须出去奔波，无意中却发现了却尔司狄根司的一篇短篇小说，名儿叫做一个《星》字。吾们做小说的人，一见了欧美名家的著作，仿佛老饕见了猩唇熊掌，立刻涎垂三尺，在下又生就是个性急鬼，那

女冠子

《水浒传》上的霹雳火秦明，也得拱手唤吾一声大哥，当下吾发一个狠，想今天决不能轻轻放它过去，便拈起一支笔来，动手就写。写不到几行，恰有一个朋友到来，吾做事原不求静的，一边和他讲话，一边只管写，忙了半天，居然被吾译完。微微觉得乏力，便上床去将息一会，不道正在这当儿，吾母亲可巧踅到吾房里来，顿时大惊，因为吾平日间从不睡中觉，这一睡分明是生病的证据。大凡天下做母亲的，见了儿子生病，直比自己生病，还加上十几倍着急。当下吾母亲就使出她提痧的老法儿来，说在脖子上提了痧，便能发泄痧气，吾不敢违拗，直僵僵躺着，听她提去。霎时间记起吾八九岁时生病，母亲捉着吾提痧，吾直着嗓子杀猪般喊救命，一边又破口大骂，骂天骂地，把甚么都骂到，只除了父母，不敢乱骂，百忙中却想起了读的书上天地日月山水土木牛羊鸡犬十二个字儿，吾便骂了天地，又骂日月，索性把下列四项唱歌也似的一连串骂了起来。心中又想平日里吾手上被蚊虫咬了个小疙瘩，母亲就疼惜得不得，如今吾又生了病，怎么她倒忍心下这毒手？吾猛然醒悟过来，才知道这也是慈母爱子之心呢。如今且说吾母亲用力提了十多分钟，颈儿上已现了十九条血红的痕儿，吾倒也不觉得十分痛楚，过后吾就躺在床上，不再起身。这一夜吾母亲简直没有好睡，时时过来问吾觉得怎样，吾只求她安心，总回说很舒服。

捱过了这一夜，礼拜一礼拜二两天，吾热病还没有退，却依旧支持着出去，因为吾一天不出去，于经济上很有影响，这也是吾体恤母亲的微意。然而母亲也很体恤吾，说吾所赚的钱，块块都是把心血脑汁换来的呢。礼拜二我到了书局里，不防吾一年来没有发过的胃病，趁这当儿明火执仗的反了起来，只听得喉咙里恩恩恩不住的作响。午餐时，单喝了一浅碗的薄粥，喝了之后，不能坐下，只得像磨旋般走着，走了一点多钟，仍然不觉得舒服，这肚子里还是恩恩作响。吾暗暗埋怨道："算咧算咧，一年来吾吃了你多少苦，你到说是恩恩恩，怪不得中华民国谢恩折子的多咧。"这天三点半钟，吾赶到一位医友张近枢君那边，请他替吾开了一张药方，后来吾喝了三瓶药水、半瓶药粉，果然好了许多。礼拜三那天，吾的热病不但没有退，反加上了些。这天早上，吾母亲执意不肯放吾出去，说再放你出去，就对不起你了。

那时吾自己也觉得有些支持不住，头儿虽没有顶着石臼那般重，却也可以比得顶着一个挺大的水晶墨水壶儿。吾母亲没了主意，大白天守着吾，愁容满面，连饭量也减了许多。晚餐时，吾勉强灌了一碗薄粥下去，桌子上放着昨天祭祖下来的菜，瞧那一些肥鱼大肉，仿佛向着吾傻笑，教吾尝尝它们的味儿，吾只向它们皱眉，连筋儿也不敢接近它碗边，怕被它们一口吞将下去。八点半钟，吾就登床睡了，谁知翻来覆去，把被儿翻了十七八个身，休想进黑甜乡一步，似乎病魔履了新任，那睡魔便该辞职而去咧。但吾不能安睡，还有一个原由，因为吾的脑儿，分外勤敏，不肯休息一二分钟，一会儿想这个，一会儿又想那个，种种思潮，汹涌而来，好似"群山万壑赴荆门"。吾母亲又时时蹑手蹑脚的过来瞧吾，吾只得装假睡哄她，要是她知道了吾不能安睡，又得长夜无眠厮守着吾咧，母亲见吾睡着，才又蹑手蹑脚地过去。无奈吾的假睡，不能变做真睡，转侧到了三点多钟，两眼仍然像鱼目炯炯的合不拢来。吾心里恨极，就把盖着的被儿很命踢去，这一踢不打紧，却听得天崩地塌的一声。看官们别吃惊，并不是在下的床儿坍了，不瞒看官们说，在下平日很喜欢买书，一向收罗得不少，书橱里早已装满了，还有一小半，竟没有安身之所，吾就把床的一角，借给它们打了个临时公馆。那些书新的旧的一概都有，大半是欧美名家的小说，英国有施各德、狄更斯，法国有嚣俄、大仲马，美国有欧文、霍桑，俄国有托尔斯泰，旁的短篇杂作，也都出于名家之手，还有好几种杂志的年刊，聚在一起，高高的叠着。吾想吾们中国古时，每逢大战之后，总把阵亡将士的遗骸，筑一个京观，表示他们的丰功伟烈，现在吾这一大堆书，倒好说得是欧美大文学家脑血的京观。只恨吾睡品一向不大端正，睡到兴头上，两只脚便写起擘窠大字来，把这座京观踢坍，朦胧里还当是天坍呢。吾唬怔了，悄悄起来，收拾了书，过了约摸半点钟，母亲早又来了，吾只得再装假睡，母亲蹑足走到床前，轻轻地揭开了帐儿，伸手在吾额上按了一会，微喟一声走了开去，又在暗中呆立了一会才慢吞吞地去了。吾见母亲为了吾如此不安，心里头好不难受，后来不知怎么，却渐渐进了睡乡。明天起身时，病体依然，午后，请了一个中国医生来疗治，据说是暑湿，一时不能全愈。医生去后，吾斜靠着安乐椅心中乱想，想吾往常和吾那好友丁慕琴同游同息，和兄弟没甚分别，吾一病他定然寂寞得多，幸而他身体比吾好些，跳跳踪踪的，活像一只蚱蜢，吾如今却奄奄地坐在这椅儿上，直变做了一条僵蚕咧。停了会儿，那屋角上一抹黄金色的斜阳，已化做了胭脂，吾兀坐了好久，微觉烦闷，趄到玻璃窗前，向远处绿油油的树影和红喷喷的屋脊望着。猛可里听得下边大门呀的开了，走进三个人来，吾一眼瞧见那大大方方的是王钝根，摇摇摆摆的是李常觉，后边那个跳跳踪踪的，不消说是丁慕琴了。一会儿三人已掬着三个笑脸，到吾楼上，先问病情，后谈闲事，吾们虽只三日不见，却已好比三年，此时见了分外的亲热，接着说东话西，直到夜色上时，才各别去。临去时吾还向他们说今天承你们福禄寿三星，一同照临，吾的病儿包管就好，并且心里也觉爽快欢喜得多，似乎喝了三星牌白兰地酒，看了《三星牌》（影戏名）影戏片呢。夜中吃了那医生的药，裹了被儿，立刻就睡，望他出一身大汗，发散那热病，天气虽热，吾也不管，一直捱到十二点钟，已把全身浸在汗里，两件短衫一条衬裤，都湿透了。谁知正在这时，那不知趣的臭虫先生，却趁着静夜无声，三军一时齐发，向着裤管里袖口里进行。原来吾往年住在法租界时，吾的铁床，不幸结交了这几个损友，一路追随到此，相依不去，见了吾这许多书，就钻在里头打起公馆来，吾笑它们倒很好学，也在那里拜读欧美名家的小说。只禁不得它们聚族而居，十年生聚，十年教训起来，吾这身子，怕要给它们扛了走咧。它们要是伏在里头，不出来闹，倒也罢了，无奈它们也染了贪官奸商的恶习，最喜欢吸人的血，因此吾有几回早上起身时，总见腿上臂上，好似礼拜六的底稿，装着许多大红的密点，吾只把花露水搽他几回，便也不大在意。此刻却熬不住了，立时跳起身来，换掉了湿衣服，躺到沙发上去。那时吾母亲还忙着煎药烧茶，没有安睡，后来竟在沙发旁边的地板上铺了一条席子睡下，吾苦苦劝她睡到床上去，母亲却说："天气热，不打紧，半夜里你要茶要水，也方便些。"吾拗不过她，只得听她。这一夜她几次三番的坐起来瞧吾，有时问吾口渴么，有时问吾身上冷么，有时又问吾可能安睡，瞧她那颗心儿，简直全个儿用在儿子身上。唉，慈母深思，真叫人一辈子刻骨镂心，忘不了呢。

　　　　　女冠子

一夜过去，曙光又出现了，可恨吾的热病没有退，看官们倒觉得厌烦了，吾只得长话短说。一连好几天，吾抱病坐在家里，外边的一切景物，一概不能瞧见，仿佛做了囚犯，监禁在牢狱里头，不过那看守吾的狱卒，委实踏遍了世界也找不到的。并且还有许多好友，不时来探监，也有写信儿来，很恳切的慰问吾，真使吾感激涕零，自分此身没有价值，受人家如此怜惜呢。吾每天日中，很难排遣，或在椅上坐一会儿，或在床上躺一下子，但是吾心儿脑儿，往往不肯休息。那天花板和帐子顶，都是吾制造小说的机器，坐着望了天花板，一阵子胡思乱想，一篇小说就打成草图了；躺着望了帐子顶一阵子胡思乱想，又是一篇小说打成草图了。若要好好儿睡一会，那是很难得的事，夜中也必须用了强制工夫，方能入睡。只吾偏又是个很多感触的人，在枕头上听了那浅红玻璃胆瓶里晚香球残花飘落的声音，吾便多一重感触；听了小桌子上那只古铜爱神钟的的得得的声音，吾又多一重感触；听了那玻璃窗上苍蝇营营飞集的声音，吾又多一重感触；听了隔壁那一家的夫妇勃豀的声音，吾又多一重感触；见一个蜘蛛在窗上张了网儿捕苍蝇，苍蝇竟会投到它网中去，吾又多一重感触；见那天一会儿晴，一会儿雨，倏忽更变，吾又多一重感触。一天到晚吾总有无限的感触，末后知道这种种感触，都从静中发生。于是吾又向钢笔墨水壶讨生活，每天两三点钟时，写他二三十行，就把吾的病儿做了上去，过了几天，居然全篇告成，便叫他做《噫，病矣》，算是吾前八《噫》的尾声了。写罢之后，吾坐在安乐椅上休息，直到六七点钟，撑着两个眸子，只见这紫罗兰的天上，已满布了霞彩，好似笼着粉红的轻纱，那残阳已移到了吾的屋角上，浑似包了一重黄铜皮，一会儿这黄铜皮忽地剥落了，飞上了一道道玫瑰色的光儿。吾兀是痴痴望着，就中仿佛瞧见过去未来的种种幻象，也有乐观，也有悲观，也有积极，也有消极。吾望了一会，又多了一重感触，末后玫瑰的光已化为乌有，半天上早下了墨幕。吾私心盼望，明天吾的病就好了，好几天闷在家里，恨不得跳出空气层，到旁的星球里去玩他一玩呢。那时吾母亲也在窗前呆呆地立了好久，把肘儿靠在窗槛上，支着颐，痴望着半天鸦影，吾侧了头瞧她，只见她眉儿打了结，神气非常索漠，知道这几天来已为吾忧急得了不得。吾不觉微微叹了一口气，母亲听了，立时回过她瘦靥来瞧吾。唉，母亲已瘦得多咧！可怜她天天不但忧急，更是忙碌，为了吾求天求地，求仙求鬼，想打退吾的病魔。吾生了这一场病，脸儿瘦了一壳，谁知她也好似生了一场病，脸儿瘦得更凶，这真难为她咧！在在下呢，忙里偷闲，靠着这场病，总算享了好几天可怜的清福，只是苦了吾的母亲。

（原载《礼拜六》第 67 期，1915 年 9 月 11 日出版）

父 子

　　一阵子风片雨丝，把那红桃碧柳都葬送尽了。春光几时来的，人还不大觉得，一转眼却已远去。城内外几家中学堂、高等学堂，都开着运动会，入场券上面刻着"春季运动会"。其实春光老去，春已不成春咧。一天新雨初霁，阳光从云端里探出头来，对着人微微地笑。照到城西成仁中学堂的操场上，正开着个极大的运动会，几千百个男女来宾环着个绳圈儿坐着，都把全副精神注在圈儿里那些活泼泼的学生们的身上。操场的四周插了好多旗帜，花花绿绿的，在风中翻动，好像一双一双的彩蝶在那里飞舞相扑。乐亭里头，有乐队奏乐，鼓声角声，闹得震天价响。这时人人脸上都有一种欢欣鼓舞的神情，任是老头儿也没了颓唐气。学生们短衣秃袖，照着秩序单，做一样样的运动，更是精神百倍。每一种运动完毕，看客没命地拍手。运动员大踏步退下场去，心中不知不觉地生出傲气来，有得奖的，那更得意极了。

撑杆跳一门，是成仁学堂中最擅长的运动。一个撑杆跳的架子，搭得像小屋那么高，瞧它在风日中微微摇动着，也似乎现着得意之状。一会，有几个身体伟大的学生排着队出来，在离架五十步外立住了，擦掌的擦掌，试竹竿的试竹竿。号令一下，各人便挨着号数开始赛跳。那当中横架的竿儿，搁得比他们身体还高，却个个腾身撑将过去。不上一刻钟，已一步步地加得很高了。看客眼望着半空，拍手欢呼，好似发了疯的一般。连一班矜持的女郎，也禁不住拍着纤掌，眉飞色舞。在她们眼中瞧去，简直个个都是英雄咧。

那时在下也是看客中的一分子，抬着一双近视眼，从玳瑁边圆眼镜中注到那架上。随着那些运动员的身体上去下来，顿觉自己的身体也轻了许多，时时要从座中跳起来。回想十年以前，我也是这么一个龙骧虎跃的人物，十种运动中参与过六种的运动。身上穿着白色红边的半臂，一色的短裤跳来跳去，好不得意。十年以来，我出了学堂的圈儿，此刻自顾一身，倒像是一个充军的犯人咧。我正看得出神，呆呆地回想当年，猛听得邻座中起了呜咽之声。我好生诧异，斜过眼去瞧，却见一位白须白发的老先生，正韫着泪眼抽抽咽咽地哭。我动了好奇心，便也不顾冒昧，把他袖儿扯了一下，低声问道："老先生，平白地为甚么这地伤心？有话请说给我听，我来安慰你。"那老人住了哭，对我瞧了一眼，含悲答道："我瞧着这班虎虎如生的青年，不觉想起我的亡儿来，眼中热溜溜地再也忍不住了。"我心中一动，想这几句话中定有我的小说材料在着，可不能放过。当下急忙问道："老先生的文郎，先前可是也在这里读书的么？"老人道："怎么不是！三年以前，每逢春季、秋季开运动会时，我总到来参观。那孩子也是一个撑杆跳的能手，身体腾向空中，在那横竿上过去，足有一丈多高。哪一回不是带了第一名的奖品回去？老朽虚荣心是很大的，瞧在眼中也自暗暗欢喜；听人家的拍手欢呼，倒像是赞美我呢。今天瞧了人家的儿子一个个撑杆高跳，触景生情，哪得不想起亡儿来？"说到这里，早又老泪婆娑，扑簌簌地掉将下来。我道："这也难怪，人生在世，不遭丧明之痛便罢，遭到了又哪得不伤心？敢问老先生尊姓大号？里居何方？令郎又是怎么死的？"老人答道："老朽姓陈，草字萱卿，原籍杭州，作客上海已三十年了。至于小儿的死，全为的是我，流干了一身血死的。老朽平日一见了血和红的颜色，往往想起小儿的血，从他的总血管中通入皮管，流到我身中来。我这一颗心委实痛得要碎开来咧！唉！那孩子已死了三年，他遗下的东西我已烧个干净，怕留在眼前，勾起我的痛苦。然而他一身的血，在我的身中往来流动，又哪里忘得下？我念极时，仿佛听得血儿流动的音声，还一声声唤着阿爷呢！"说完，眼泪早又湿了他一脸，在阳光中晶晶地亮着，一边掏出帕子来乱抹。我听了血的话更觉奇怪，忙问他是怎么一回事。老人叹了口气答道："说来话长，一时也说不完。敢请先生留下姓名住址，停一天再走访奉告罢。"我

父　子

道："这里有应接室，我们何不到那边去谈谈？好在此刻大家正在运动场上瞧热闹，料来那边是没有人的。"老人想了一想，便道："也好。我坐在这里瞧他们运动，只是添我的感慨。索性把这段事告诉先生，也能泄泄我心头闷气。"当下我便站了起来，同着他走向应接室去。

我们到了应接室中，那老人又长吁短叹了一会，才开口说道："先生，老朽已是个六十岁的人了，老妻早故，膝下曾有三子，长次都在十年前染时疫死的。第三子就是我所要说的这一个，死时也二十五岁咧！唉，我不知道犯了甚么大罪恶触怒了上天，因此不许我有这三个儿子，一个个夺了去。如今单剩我一个孤老头儿，形单影只，过这凄凉寂寞的光阴。最伤心的实是我三儿的死。他本可不死，却是代我死的。其实像我这么一个老头儿也应该死了，倒没来由葬送了一个大好青年。好似一株郁郁葱葱的嘉树，将来正能做栋梁用的，却横加一斧把它砍去咧。这一着不但难为了我那孩子，委实也对不起中国，因为我把它的栋梁毁了。"说到这里，又摇头叹了一声，少停又道："论我平日的待他，也不见得好，可是我一向抱着严厉的主义，不肯姑息儿子。他每天从学堂中回来，我总监督着他，不许躲一躲懒。他读书，我冷颜坐在一旁；灯下两点钟的自修，没有一分钟白白放过的。就是礼拜日，我只带着他出去散步，或是到公园中去吸些子新鲜空气，不给他同着那些不长进的学生们叉麻雀、打扑克、逛游戏场，坏他的人格。有时他不听我的话，做下了甚么逆我意的事，我生性本是很暴躁的，总得一个耳括子打过去，打得他一佛出世二佛升天。心想小孩子应当受这样的教训，不给他手段看，往后可要爬到老子头上来咧。当着这高唱非孝的时代，老子早已退处无权，照理该向儿子尽尽孝道才是，哪里还说得到一个打字？然而我那孩子却服服帖帖的，甚么都甘心忍受，并没一句怨我的话。他的同学们见他给我管束住了，不能伴他们玩去，便暗暗撺掇我孩子快起家庭革命，宣告独立，和我脱离关系。那孩子却兀是不听，反沉着脸责备那些同学，说是离间我们父子。他曾向亲戚们说道：'阿爷虽然待我很严，我心中并不抱怨，还感激得甚么似的。可是他老人家单有我一个儿子，哪得不疼我？他的管束我，也就是疼我的一种表示，要我敦品立行，做一个有人格的人，没的在这少不更事的时代，失足走到歧路中去。因此上任是怎样骂我打我，我唯有感激他罢了。'唉，先生！你瞧这孩子是这么样一个好青年，现在的世界上可找得出第二个来么？"我叹美道："难得，难得，真是一个孝子。但是令郎大号还没有请教？"老人道："他叫做克孝。"我忙道："好好，这才是名副其实。不是孝子，可也当不起这个名字。"老人不做声了半晌，又道："他的天性固然好了，资质又聪明得很，不论哪一种功课，都在九十分以上。就是那种缠绕不清的几何、三角之类，他也抽蕉剥茧似的，弄得清清楚楚。说他是读死书呢，却又不然，跳高赛跑，甚么都来得，又打得一手好网球。最拿手的要算是撑杆跳，每一回开运动会，总给他夺得锦标。所以老朽今天瞧着人家撑杆跳时，就触动了心事，心目中还有那种撑杆腾身的姿势，何等的自然！唉，不知道他的魂儿，也来参与这运动会么？"说着，眼圈儿又红了。我道："像令郎这样的青年，真是使人佩服。可不是合着文武全才一句俗话么？有了这么一个儿子。做老子的哪得不得意？"老人长叹道："然而有了好儿子，也须有福分去消受！我抚育他到二十五岁，前途正有无限的希望，却眼巴巴瞧他化做异物，又偏偏是为了救我一个老头儿死的。天下原多伤心的事，怕没有比这事更伤心的了！"我道："令郎是怎样死的？内中可有一节惊天地泣鬼神的事儿在着么？"老人道："怎么不是！老朽且奉告先生，还请先生给他表扬一下子，好使人知道非孝声中还有一个孝子在着，并且这孝子并不是一个脑筋陈旧的老腐败，却也一样是个新派的学生。先生听着，待我把儿子殉身的历史慢慢道来。——

"三年前的一天早上，我到南京路大庆里去访一个朋友。那时是在九点钟光景，中西人士在洋行中办事的，都忙着上写字间去。汽车、马车、人力车横冲直撞，都像发了疯的一般。先生是知道的，近来汽车这东西，简直是一个杀人的利器。轮子转处，霎时间血肉横飞，一年中不知道有多少无辜的男女老小，都做了这汽车轮下的冤鬼，任是做了鬼还没处去伸冤呢！这一天也是我合该有事，穿过马路时曾向两面一望，不见有甚么汽车。却不想支路中陡地冲出一辆汽车来，不知怎的连喇叭都不曾响一响，它一个小转弯，就斜刺里把我一撞。我喊声哎哟，早已来不及。但觉得眼前一阵乌黑，有甚么重重的东西在我身上压过，以后就没有知觉了。到得醒回来时，我已在医院中。一会儿神志清明了些，就略略记起被汽车撞倒的事，一时倒暗自侥幸，没有送了老命。想在床上翻一个身，猛觉得全身都痛得紧，好似有千百把钢刀在那里乱戳，止不住嚷起痛来，一边知道我已受了重伤了。当下忽又听得我儿子克孝的声音，在枕边很恳切地唤道：'阿爷阿爷！你觉得怎样？'我张眼瞧了一瞧，眼角里不觉淌出泪珠儿来，要回他的话，却兀自放不出声。旁边似乎还有医生和看护妇在着，一时也瞧不清切。我挣扎了好久，才迸出一句话来问道：'我可要死么？'克孝忙道：'阿爷，你放心。据医生说，这一些子伤是不打紧的，不上一个月就复元了。'当下他斟了一匙药水给我吃，我就渐渐儿睡了过去。这一天克孝老守在病榻旁边，伴着我。晚上也不回去，助着看护妇侍奉汤药。瞧他脸色凄惶，分明是急得甚么似的。夜中我不能安睡，但觉周身作痛，暗地咬着牙齿，痛恨那万恶的汽车。瞧克孝时，仍是呆坐在榻旁，眼睁睁地望着我。我向他说道：'孩子，你快去睡吧。老守在这里做甚么来？'他摇头道：'阿爷，孩儿不想睡。阿爷正捱着苦痛，儿又怎能高枕安睡呢？'我道：'不相干，你是明天要上学堂读书的人，怎能不睡？这里横竖有看护妇，不用你伴我。'克孝道：'看护妇是不可靠的。虽然服侍得很周到，究竟不及自己儿子。阿爷快睡吧，别多话伤了神。'说完，又给我吃了一匙药水，我就睡将过去。第二天医生和我说，我身上伤了好几处，失血过多，须得加些新血进去才是。我道：'算了。像我这样年纪，也死得不算早了；用甚么新血旧血，累你们多费一种手续。'医生道：'不是这般说。你既到了我们医院中来，我们总须救你的命。不过这新血向哪里设法，这倒是一个问题。'我问道：'用畜生的血行么？'医生道：'不行，不行，一样要人血。'我不做声，吐了几口气。蓦地听得我儿子说道：'医生，要人血容易得很，把我的血给我的父亲，不是很现成么？'医生脸上霍地一亮道：'这样再好没有。老先生的性命有救了！'我急忙插嘴道：'孩子你不要这样胡闹。我已老了，不久总是要死的。你正在青春少年，性命何等宝贵，前途正有好多事要做，可不是当要的。'我儿子笑道：'阿爷放心，分一些血给你，哪得便死？孩儿身体很强健，平日是运动惯的，血儿比甚么人都好。送到阿爷身中，定很有益。即使有意外的事，也不算甚么。孩儿的身体本是阿爷所生，如今还与阿爷，也算是报了抚育之恩。'那时我听了克孝的话，心中原很感动，但总不愿瞧他为了我冒险，当下便截住他道：'孩子，你不要和我歪厮缠。我是不依的。'我儿子道：'阿爷，为甚么如此固执？这不过尽我做儿子的天职，天经地义，不容推辞的。要是孩儿袖手旁观，父亲有个三长两短，将来给人家知道了，说孩儿不肯救阿爷，间接说来，直是孩儿杀死阿爷的。往后的日子正长，怎样立在社会上做人？'说完，顿了一顿，脸色已很坚决。接着却又向医生道：'医生，你不用再问我父亲了，这事由我作主。快请施手术就是。'我待要反对已来不及。那医生不由分说，早给我上了麻醉药，昏昏地不省人事。不知道过了多少时候，才醒回来，一眼瞧见我儿子躺在一张邻床上，脸色白得像纸儿一样。我唤道：'克孝，你真是孝子！为父的很感激你！'克孝横过脸来，微微一笑道：'阿爷，这哪里说得上感激二字？孩儿不过尽职罢了。孝子的头衔，也不愿承受的。'这一天我身中得了克孝的新血，顿觉精神强了一些，痛苦也似乎减了。

　　"唉，先生！哪知老朽的命虽保了，却牺牲了我的好儿子，真使我伤心无限，无限伤心！这天夜中，克孝不知怎的，总血管下针处忽地破裂了。我先还不知道，看护妇也没有来。第二天早上，我唤了好几声克孝，不听得答应，抬头一瞧，却见他流了一床的血，僵卧在血泊里头。这一惊非同小可，急忙唤看护妇。看护妇摩挲着倦眼，赶将进来，一会儿医生已到，说是总血管破裂，血已流尽，气也绝了。我一听这话，放声便哭，悲痛得甚么似的。然而我虽悲痛，却并没有死。在医院中留住一个月，竟复元了。回家葬了克孝，就一个人过这凄凉寂寞的光阴。只仗着几个下人，在旁服侍。有时闷极了，便出去听听戏、散散心，或是到杭州、苏州去盘桓几天，想借着好山好水忘我的悲痛。然而我心中总深深嵌着克孝，哪能忘怀？我那周身的血，一大半是克孝的；在世一日，就留给我一种极深刻的纪念。克孝死了，他的血还活着，可也是无可奈何中一种慰情的事。我本想给他表扬一下子，向官中请旌表，只是追想他平日的言论，很不赞成这一回事的，因此作罢。但我心坎里头，早就给他造起了孝子的牌坊咧！"

老人说完，又掉了几滴眼泪。我急忙安慰他，又着实赞美了孝子几句。那时外面的运动会，还是兴高采烈地在那里进行，时时送进拍手欢呼声来。斜阳在窗槛上照着老人木乃伊似的面庞，他眼含着泪，定注在空中。我知道他又想起儿子了。

（原载《礼拜六》第 110 期，1921 年 5 月 21 日出版）

改 过

　　陈菊如先生的一张脸，这时好似炎夏中的天空一般：闷过了一天，黑压压地遮上一重乌云，雷动电闪，风起沙飞，快要刮下雨来了。他交叉着两条臂儿，挺身坐在一把大号安乐椅中，一动都不动。从头到脚，似乎把南冰洋北冰洋的冷气都聚在一起，连这书房中的空气，也含着一派冷意。两个眸子，却又像火山中冒出烈烬一般，直注在他儿子松孙的脸上，大声说道："算了算了！从此以后，我们一刀两断，断绝关系。你不必再当我是父亲，我也不认你是儿子。你取了这二百块钱，赶快走路，这里姓陈的屋顶下边，可万万容不得你这个不肖子！你倘能好好改过，回过头来把你的血汗去挣五千块钱，偿还你所偷银行中的这笔款子，或者能许你回来，再和你母亲见面。不然，你休想踏进我门口一步，进右脚斩右脚，进左脚斩左脚！"这几句斩钉截铁的话，从他牙缝儿里迸将出来，直好似一千把一万把的利簇，直刺到松孙心中。松孙流着泪说道："阿爷，你可能别撵我出去！不妨把儿子锁闭在那一间房中，从此闭门思过，想往后做人的法儿，决不敢再闹甚么事，使阿爷着恼。阿爷，你可怜见我罢！"菊如铁青着脸，连连摇头道："不行不行，你非走不可。宁可使你去提倡非孝主义，赶回来一手枪打死我，我的家教是不能变动的。"他夫人哭着劝道："算了罢，我们单有这一个儿子，甚么都该担待些儿！儿子养到这么大，也不是容易的事，你难道忍心瞧他流落在外，自己也甘愿做孤老头子么？"菊如勃然道："做孤老头子不打紧，没有儿子也要过活，怕甚么来？他倘流落在外，这也是他应得的罪，谁教他偷银行中的钱呢？即使流落死了，我只算不曾有过儿子。可是我们陈家历代清白，人人洁身自好，没一个做过一件不道德不名誉的事，偏偏临到这个不肖，就闹了这么一件事。父亲做银行行长，儿子却做贼偷银行中的钱。如今报纸宣传，大家都知道了，叫我撑着甚么嘴脸在社会中做事？我如今心灰意懒，已向银行中提出辞职书。他们虽百方挽留，我是决计不干的了，五千块钱已照数赔偿。这样的贼儿子，也不能留在家中，使我见了生气，不给他利害看，他可永远没有改过的日子。照我的意思，恨不得把他交与官中，给他坐一二年监。只为了你分上，留些余地。这二百块钱，且给他出去做改过的资本，我这做父亲的总算是仁至义尽了。"那时菊如夫人的背后，忽又转出个十八九岁的姑娘来，玫瑰脸上泛着白色，含泪说道："表叔请你瞧我薄面，别撵表哥出去！这一回的事，全为了交友不慎，受人愚弄，才踏到赌场里去。又为的输了钱，吓急了，才忘了利害，竟干出这种事来。但他的德性，依旧没有变动，改过自很容易。要是到外边去，更受恶徒们的引诱，如此不但不能改过，恐怕愈陷愈下，不可救药了。"菊如夫人帮着说道："可不是么！小芬的话是一些不错的。你也得想想利害，究竟是自己的亲骨血，凭着一时之气撵了出去，将来后悔不及。"菊如脸上的黑云，愈腾愈密，哪里是这雨丝微风吹得散的！当下便瞅了他夫人一眼，哮声说道："后悔后悔，有甚么后悔！我的主意已打定了，谁也不能摇动我。我要瞧他到了外边去，怎样地改过。"接着就转向松孙，冷冷地说道："先生，你快取了这二百块钱走出我的门，从此我们只当你是死了，你也不用再来问我们的事。你倘能改过，那就是你复活咧。但我料你也未必有这一天！先生，快走快走！"松孙听了"先生"的称呼，脸色顿变得像死人一般，眼泪扑籁籁地掉个不住，只还咬着嘴唇，想要强制下去。他母亲急忙跑过去，抱住了他，悲声说道："阿松，阿松，我怎能舍得下你？但父亲如此决绝，我也没法，只望你此去真能改过，给我和小芬欢迎你回来，一家仍能团聚。阿松，你在外边倘要做甚么恶事时，总得想起你可怜的母亲，忙向正路上走去。小芬已许给你了，她也等着你回来的！"松孙道："母亲，你和小芬妹妹要是真个不忘我，我总要图到一个回来的日子。宁可像牛马般在外做着苦工，洗净我姓名上的污点。这一回的事原是我的大错，怪不得阿爷生气。我去了，愿你们大家珍重！"说完，满脸都沾着眼泪，长叹了一声走将出去。菊如坐在椅中，不动也不说话，直好似化做了一尊石像，只有两只手紧紧抓住了椅柄上两个雕成的狮子头，十指牵动个不住。他眼注着地，侧耳听着他儿子的脚声起出书室，穿过客厅走下阶石，最后就听得大门开闭之声，知道这二十五年来长依膝下的爱子，一步步离他远去。当下就咽下了喉咙口涌起来的眼泪，抬起头向他夫人和小芬道："你们记着，以后别在我跟前提起他名字！"他夫人和小芬只是抽抽咽咽地哭，都不理会。

陈菊如是北京百业银行的行长，任职已十多年了，为人刻实，商业上的知识和经验都极充足，因此在商界中名誉很好。凡是有人创办甚么新事业，倘发起人中没有陈菊如三字，人家就不很相信。他儿子松孙从高等商业学堂毕业后，就在银行中办事，做他的左右手，聪明伶俐，分外地得力。叵耐插身社会中没有定力，受了恶朋友的引诱，误入赌场，连赌三回扑克，就输去了五千块钱。松孙急极了，没有法儿想，于是从银行中偷了五千块钱去付清赌账。事儿发觉，大家都给松孙叹惜，也给他父亲叹惜。菊如悲愤已极，急忙赔出五千块钱，又辞去了行长之职。董事会特开紧急会议，要挽留他，竟也没用。回来时就打定主意，把儿子撵出去了。他从松孙走后，心已灰尽，社会中的事一概都不与闻，拒绝应酬，不见宾客，成日伏在家中不出大门一步。除了读书临池和念经外，也难得和家人们讲话。夫人守着他当日命令，再也不敢提起松孙的名字，常和小芬坐在一起落泪。小芬姓杨，是菊如的表侄女儿，五年前父母双亡。家中没有旁的人，就寄居在陈家。两小耳鬓厮磨，生了爱情，松孙很爱她，她也很爱松孙。菊如夫妇原是极开通的，瞧他们既彼此相爱，就许他们将来结为夫妇。不道发生了这五千块钱的事，竟把他俩生生拆散了。小芬好生伤感，为了松孙不知道抛去了多少眼泪，那个雪色荷叶边小枕头上，夜夜总沾得湿湿的，连那爱子心切的菊如夫人，也没有她这般伤感。

松孙去了五年，一径没有消息。菊如的头发越白，小芬的娇脸越憔悴，菊如夫人额上的皱纹，也一天多似一天了。菊如失了儿子，嘴上虽从没有说过一句后悔的话，但他夫人枕下放着一张儿子的小照，他有时也得偷瞧一下子。看书看到说起父子间的事，也总发生感触，不知不觉地要想起自己儿子来。小芬和菊如夫人不消说更是记挂，每天傍晚时，她俩总在斜阳中盼望松孙回来，每见街头有少年人走过，总疑是松孙。然而她们虽望得眼睛干了，总也不见松孙的影儿来到门前。

那时松孙究竟在甚么地方呢？却在上海一家大书局中，充当一种文学杂志的图书主任。原来松孙本有作画的天才，他在学堂中时已喜欢东涂西抹，常给同学们画滑稽小像。虽把头儿画得像栲栳般大，脚儿像苍蝇般小，然而面目画得个个相像，好似拍照一般。他到上海后，一时没有事做，谋了好久，才谋到这么一个位置。仗着自己能画几笔，就放胆做去，五年来他已成名。他的封面画和小说插画，都是一时无两的。他的每月薪水，也从五十元加到了二百元，银行中已有了二千元的存款，预算再辛苦五年，就能带了五千元回去还给父亲咧。他的画是折中派，无论仕女、花卉、风景、静物都能来得，设色生动，尺寸正确，画稿上都不署名，只写上一个"改"字。他从当年被攮后出京南下，来到上海，就改了姓名，异想天开，用了"改"作姓，"过"作名，合在一起恰是"改过"二字。人家对他的姓倒不生问题，因为想起了先前的名画家改七芗，百家姓中原有这个姓的。不过名儿用个"过"字，未免带些滑稽。有人问起他时，他却正色道："我们立地做人，随时有过，也得随时改过。我恰姓改，因就加上一个过字做名儿。改过改过，也是古人座右铭的意思。"人家听了这话，就没有话说了。

东亚的风云，腾结了十多年，一年恶似一年。这年的五月九日，就大决裂了。中华民国正逢一个沈毅果敢的新总统当国，竟把哀的美敦书递与东国，开起战来。全国的英俊少年都投身军中，替国家效死。先锋军的军士名簿中，一天就多了个"改过"的名儿。有几个陆军学堂毕业生和他同伍，知道他是上海画师出身，都估量他不中用，一听得枪声就要逃的，还是回去把画板做盾牌，把画笔做毛瑟枪，和生活去作战罢。谁知这手无缚鸡之力的弱画师，却也像赵子龙一身是胆，前后十多次血战，他总杀了好多敌人，染红了制服回来，还带些战利品。卸去血衣，仍和同伍的兵士们从容谈笑。统将听得了他的勇名，就把他拔升大佐。最后一次的大决战中，他竟第一人深入敌垒，领着先锋军，占据了一个要镇，夺得机关枪、来福枪不少，虏获敌兵在五千人以上。敌军一败涂地，失了战斗力，过了几天就来乞和，割地赔款，总算出了中华民国一百年来的恶气，报了仇，雪了耻了。全国的男女老少，谁也不欢欣鼓舞？连黄海、东海和三大流域的水声，也含着几分乐意。论这回大战中的首功，却是先锋军中一个画师出身的改过大佐。一时通国皆知，恨不得家家把香花供奉。统将受大总统命令，除赏了他最荣誉的勋章外，又问他要甚么东西。他说："暂借三千块钱，要回去料理一笔旧债。债额是五千块钱，自己已有了二千，所以告借三千。五年以后，仍须卖画偿还。"当下就把前事说了出来。统将甚是慨叹，向军库中拨了三千块钱，不要他还。大佐哪里肯依，仍写了借据交与统将。那时他身上受着好几处伤，在医院中留了一个多月，伤口平复后，他才揣着那五千块钱得意回乡。心想自己一生的污点，到此总算把血儿洗净了。

改大佐还乡的那天，北京各方面早得了消息，已在三天前预备欢迎。全城都扎着花，张着旗帜，真点缀成了个锦绣名都。大佐下火车后，就由总统府派骏马来迎，还有军乐和各界旗帜，都是崇拜英雄的话。大佐跨马过市，乐声盈盈，人家窗中都抛下香花来，欢呼"万岁"的声音，好似春潮怒涌。改大佐却并不往总统府去，径向前百业银行行长陈菊如公馆行来。那时菊如夫妇和小芬都在石门楼上，要一见英雄风采，预备了几大筐的好花撒将下去。一会儿军乐洋洋，簇拥着改大佐到来。大佐两眼向上，全不注意旁人的欢迎，眼光着处，却先和小芬一双妙目碰个正着。小芬正握着许多花要撒，这时忽地呆住了，扯着菊如夫妇叹道："你们瞧，你们瞧，这不是明明是我们的松孙哥哥么？怎的变做改大佐了！"菊如夫妇正待细瞧，改大佐却已入门下马，一口气赶到石门楼上，朗朗地说道："阿爷，阿母，儿子似乎已改过了！今天回来，仍回复我的旧姓名，你们可许我么？第一件事就要还阿爷的五千块钱，请阿爷掣一张收条。"那时菊如夫妇哪里还留心这些话，早扑到了他们儿子身上，扭股糖似的扭在一起，鼻涕眼泪笑容黏成了一片。小芬在旁瞧着，也快乐得无可无不可，一张鹅蛋脸儿比玫瑰花更见得红了，取了那几大筐的花朵，全个儿堆在他们身上！

（原载《礼拜六》第117期，1921年7月9日出版）

名旦王蕊英

王家三小姐，生性是很活泼的，一天到晚兀自纵纵跳跳的，淘气打顽，没有安定的时候。倘要她坐定一点钟半点钟，那可比登天还难咧。有时门外有甚么婚丧的仪仗走过，军乐队的鼓和喇叭一响，她就直跳地跳起来，赶到门口去瞧。其余江北人的西洋镜咧，猴子戏咧，木人头戏咧，她都爱看的。倘逢着邻舍人家相骂，或是里中小孩子们相打，三小姐更是兴高采烈，挤在人堆里瞧热闹。凡是邻里人家有甚么事故发生，三小姐也打听得最明白，口讲指划地说给她母亲和两个姊姊听。因此上她那两个姊姊都唤她做包打听阿三，她听了只是一笑，并不着恼。但她母亲见她太活泼了，常常说道："女孩儿家怎能如此不安定？邻里中有甚么事情，都要你插身去打听？就是人家有婚丧的仪仗走过，难得看看原也没有甚么使不得，但你可不必出出有份啊！你的岁数一年年大了，将来总有出嫁的一天，倘给人家批评你一声，很不好听。以后快安安分分地留在家里，不要常到外面去，举止也放稳重些，才像一个女孩儿家。瞧你两个姊姊，可就和你不同了！"三小姐听了这些话，虽总要做半天的嘴脸，只是背过了母亲，又在那里纵纵跳跳地顽皮了。

三小姐的父亲王清儒先生，是中华中学校的国文教员，为人很古板的，一举一动都是方方正正，连笑都不敢笑，和三小姐比较时，恰成了个绝对相反的反比例。清儒先生膝下并无子息，单有这三颗掌珠。最活泼的是三小姐，最美丽也是这三小姐。一双眼睛水汪汪地十分妒妙，玫瑰花似的娇脸又艳又嫩，真好似吹弹得破的。还有一头秀发，又长又细又黑又光润，十分可爱，不知

女冠子

道把甚么话形容它才对。这真是缚住男子心坎的情丝咧！清儒先生本来也最爱这个女儿，平日亲自教她读书，一直教到十五岁，因为每月的收入不多，生活艰窘，老怀中常感不快，因此也没有心绪教她读书了。然而三小姐很聪明，读了这几年书，笔下已很来得，写伙食账看报看小说，都是毫不费力的。她见父亲回来时，总是愁眉不展，便柔声安慰他道："阿爷，你不用担心。女儿只要等到了机会，也能出去挣钱的。任是有十块钱八块钱到手，也能分阿爷一小半的劳呢。"他父亲听了，虽明知这事未必能做到，但是听了女儿这样安慰的话，心中也略略一宽。

三小姐今年已十七岁了，淘气打顽的脾气仍没有改。虽然家况很窘，不变她的乐天主义，布衣粗服，也知足得很。有一天她又淘气了，原来她家隔壁有一个姑娘，是个新派的女学生，顺着剪发的潮流，把发髻剪去了。三小姐莫名其妙，只以为没了发髻，像男子般留了西洋头，怪好玩的，因便赶到自己房中取起一把剪刀，把她那头又长又细又黑又光润的青丝发，也一口气都剪了下来。到得她母亲和姊姊们知道，已没法挽救。大家和她闹了一场，她却只是嬉皮涎脸地笑，没有旁的话说。回头给她父亲看见了，又大大地责备一顿，说弄成这么僧不僧尼不尼似的，还像个甚么样儿！三小姐却笑着答道："管它呢，剪去了长头发省事多咧。每天既不用梳头抛去一两点钟的工夫，况且我没有首饰，不梳发髻，以后也可不必办了，岂不又省了阿爹的钱？"她父亲奈何她不得，只索对之一笑。末后还是拗不过她两位姊姊，逼着她重新留长起来。不到一年，早又云发委地了。

王清儒先生究竟是个五十多岁的人，平日间又多愁多病，不上几时就到地下修文去了。他们一家都是女流，哭声就分外地响。内中喉咙最响的，要算是这位三小姐，直哭得死去活来，分外地悲痛。邻家的老太太听了，竟为她流下泪来。

母女几个好容易把清儒先生的后事料理清楚了，亲戚们都在背地里担忧，说王先生既死了，一家中没有挣钱的人，三个女儿长得这么大，都还没有许配人家，看王太太如何得了？三小姐隐隐听得了这话，便跳起来道："男子会挣钱，女子难道不会挣钱么？等到阿爹五七过后，我也去挣几个钱给你们看看。我们一家，未必就会饿死呢！"

五七过后，亲戚们都得了一个消息，吓了一跳。原来三小姐已投身在一家女班子的新声新剧场中，串新剧去了。因她出落得好，生性又活泼，一张嘴又伶俐，说东话西，死的能说得活的，因此剧场主人开头就给她五十块钱一个月的包银，专串旦角。她给自己题了个名字，叫做蕊英，于是王蕊英从此在舞台上露脸了。

王蕊英玉笑珠啼，娇嗔巧语，色色都来得。做起戏来，能够设身处地，像在真的境界中一样，因此上她的戏白也做一样像一样，和旁的人不同。这样不上半年，已得了看客们盛大的欢迎，新声新场中便仗着她做台柱子，号召一时。报纸上的广告写着挺大的字道"新剧中第一名旦王蕊英"。

蕊英既然色艺都全，夜夜在红氍毹上搬演出来，那种吸引男子的魔力，谁也及不上她。一时自然有好多惨绿少年为她颠倒，一见她登台，便拼命地来捧场，手掌拍肿，喉咙喊哑。有几个会掉文的，便孜孜兀兀地做捧场文章，设法登到大小报纸上去，赞得天花乱坠，直把个王蕊英捧到了三十三天以上。蕊英心中虽觉欢喜，却也不大在意。内中有几个轻薄子，要和她相见，她都拒绝了。在那许多捧场客中，最热心最有魄力的，却是一个前任司法总长的儿子，姓翁单名一个湘字，原籍杭州，却在上海做寓公。这翁湘从美国大学中毕业回来，长于文学，闲着没事做，便吟风弄月，分外地逍遥自在。蕊英最初登台的第一个月，名还没有显，却就给翁湘赏识了，特地办了一张小报，着力鼓吹。又就着她的艺术上作确当的评论，宗旨在促她发奋进步，没一句肉麻的话，也毫无非分的举动，除了常看她的戏外，没有甚么见面的请求。蕊英天天看他的报，自问自己有不到的地方都依着他话改正，对于翁湘身上，不知不觉起了一丝感激之心。如今已成名了，包银也加上十多倍了，自更感激翁湘，但仍藏在心坎中，绝不流露到外面来。转是那新声剧场的主人因为那翁湘报纸的鼓吹，营业日见发达，便托人介绍和翁湘认识了。彼此很谈得来，末后又因剧场主人的介绍，蕊英才和翁湘见面。可是少年男女一经相见，就像磁石和铁针一般，最容易吸在一起。不上一二个月，彼此便发生很热的爱情了。一天晚上，同赴剧场主人的宴会，散席后一块儿在园中散步，翁湘瞧着天上一轮明月，月下一个花朵儿似的美人，鼻子里又闻着那园中一阵阵玫瑰花的媚香，一时便忍俊不禁，竟开口向蕊英求婚了。蕊英心想自己是个贫女，如今又做着女伶；他是一个官家子弟，前途很远大的，如何能娶个女伶回去做夫人？他的父母不消说决不承认，或竟决裂起来，叫他怎样立身？我爱他，肯忍心害他么？当下便敷衍了他一阵，说改日再谈，匆匆地分手了。

翁湘对于蕊英颠倒既深，怎能摆脱？就一天天来催着蕊英以身相许。在蕊英母亲和两个姊姊意中，都一百二十个赞成，心想得了这么一家富贵的亲戚，将来总能沾润些儿。然而蕊英从大处着想，总不以为可。自己虽也一心爱着翁湘，却不得不忍痛割断情丝。

过了几天，蕊英受着各方面的逼迫，很觉难堪，恰见扬州地方新开了一家女子新剧场，她就立下决心，收拾了些衣服悄悄地溜往扬州去了。她想隐去一二个月，或能使翁湘渐渐忘怀，一面也不致听家中那种不入耳的劝告。临行只写一封信给新声剧场主人，请了两个月的病假。到扬州后，便隐姓埋名，投身在那女子新剧场中，做个不相干的配角，借此自遣。这样过了半个月，心中虽记挂着母姊和翁湘，也用力忍耐着。一天她偶翻上海的报纸，猛见封面上登着两个大广告：一个是新声剧场主人出面，劝她回去；一个是她两个姊姊出面，有母病在床，日夜渴想，倘不回来，母病难愈等话，说得很是恳切。蕊英又勉强捱了三天，才长叹一声，依旧回上海去。

新声剧场主人见她回来，自然喜之不胜，因为她二十天不登台，已受了很大的损失。她母亲并不害病，故意这样说，骗她回来。一见了她，就"心儿肝儿"地乱叫，说以后决不再逼她嫁翁公子了。蕊英意态落落的，不说甚么话。她从剧场主人口中，探知翁湘已为她病倒，进医院去了。她心中很过意不去，第二天就上医院去探望。彼此哭一回笑一回，依依不舍。出医院时，经过后边花园却瞥见一个美貌的看护妇，立在一株松树下和两个华服少年鬼鬼祟祟地讲话。她生性好事，便在近边树荫中躲住了，侧耳听去，听了一会，才知道他们两个都是拆白党员，正在设计勾引翁湘。借着那看护妇的美色做香饵，要钩他上钩，结了婚便能骗取他的财产。据说目下翁湘和看护妇的感情很好，不等到病愈出院，就能订婚了。蕊英听到这里，一吓一个回旋，回去后细细地想了一夜，决计要搭救翁湘。第二天再上医院去时，竟毅然决然地以身相许咧。

半个月后，翁湘病愈出院，拆白党的计划失败，却成全了这一对多情儿女。翁湘的父母爱子心切，倒也并不反对，今年的桂子香里，王蕊英便须出闺成大礼了。

（原载《礼拜六》第 161 期，1922 年 5 月 13 日出版）

先父的遗像

先父去世已二十二年了，故乡七子山下，有断坟一座。坟上的小草，年年发青；坟前的老松，年年长翠，但我父亲却长眠在黄土之下，再也没有回来的日子。自我读书作文以来，知道了"魂兮归来"一句成语，便常常追味这四个字，发着痴想，想我父亲的魂或有回来的一天么？然而痴想了二十二年，总也不见回来。

先父去世时，我还只六岁。一个六岁的小孩子，懂得甚么事？见父亲气绝后，直僵僵躺在床上，还道是睡熟呢，爬在床沿上一声声唤着爹爹。见母亲和外祖母哭时，才哇地哭了。我和父亲在世上聚合之缘，先后不过六年。父亲的面貌，在我幼稚的脑筋中印得极浅。何况父亲是个吃船饭的人，那往来长江一带、前年被兵舰撞沉的江宽轮船，便是他日常的家。每月不过回来四次，每次盘桓二天，每月八天，一年九十六天，六年合算起来不过五百七十六天。所以我们父子虽说有六年聚合之缘，其实已打了个大大折扣。试想这六年间五百七十六天，怎能使我心脑中留一个深印象？所以我一年年长大，这浅淡的印象也一年年模糊下来。所仗着引起我的追忆的，就是我母亲床前墙壁上挂着的一张旧照片，和每年阴历新年到元宵节的一幅画像。

那照片去今不知有多少年了，已泛了黄。照中一共四人，是我父亲和他三个好友合拍的，一人在右面的石几上操古琴，一人斜靠在那里听，我父亲却在左面石几上和一人下棋，黑白的棋子，颗颗分明。父亲穿着玄色花缎的方袖大褂，摹本缎袍子，戴一顶平顶帽子，态度甚是安详。一张圆圆的大白脸上，现出一种似笑非笑的样子。这照片是我母亲苦节二十二年中唯一的系心之物，时常指点着给我们兄弟们瞧的。

那最足使我触目动心的，便是年年阴历新年中天天张挂的一幅画像了。这画像是由当时一个画师照着那照片临下来的，面目很为相像。那种似笑非笑的样子，却已改做了很温柔的笑容，戴的是蓝顶子的雀顶帽，穿一身箭衣外套，朝珠补子方头靴一应俱全。记得他老人家往年下棺材时，也是这样打扮的。

每年大除夕，好容易把一切过年的琐事安排好了，就从一只长方形的画箱中取出五幅画像来：祖父祖母咧，姑丈姑母咧，和先父的遗像并挂在一起。点了香烛，供了三盆鲜果和一个果盘，然后上茶上酒上菜上饭，又毕恭毕敬地向那五幅遗像各叩了一个头。那祖父、祖母和姑丈、姑母，我都没有见过，对他们自也没有多大感情。我的心目之中，自只有父亲的一幅遗像，那张圆圆的大白脸上，似乎布满了笑，眼睁睁地对我瞧着。

我能天天见先父的遗像，每年不过这阴历新年半个月。从大除夕傍晚挂起，直挂到元宵，到十八日就收下来，重又藏入那长方形的画箱中去了。这半个月中，日夜上饭，仍供着果盘和鲜果。然而任是供到甚么时候，总不见他走下来吃，也不见缺少了半碗饭或一只橘子。唉，他老人家二十二年不吃东西，可觉得肚子饿么？

我每天早上起身，在像前叩过了头，便站起身来对父亲那张圆圆的大白脸儿呆瞧。瞧了几分钟，仿佛见父亲两个乌溜溜的眼睛在那里闪动了，脸上的笑容愈展愈大，好像把石子抛在水中，水纹儿渐渐化大似的，从两颊牵动到嘴唇，从嘴唇牵动到下颌，竟张口而笑了。于是我仍呆瞧着，仍目不转睛地呆瞧着——咦，他的手动了，脚动了，身体也动了，竟慢吞吞地从后面那张椅中走下来了，两只方头靴子咯登咯登地响，一步步向着我走来。这时我并不害怕，只觉得心中快乐，便展开两臂迎将上去，一边没口子地嚷着道："爹爹！你回来了么？我做了好多年的无父之儿，从此依旧有父了！"但我父亲一声儿不响，兀自立着笑。我待扑到他怀中去时，却扑了个空。定神一瞧，才知道是幻想，是眼花，父亲哪能从画像中走将下来？仍是一动不动地坐在那里。我这一时幻想中的有父之儿，可也变做了无父之儿。唉，可怜呀可怜！

清明时节，是上坟的时节。家家坟上，大都有飞作白蝴蝶的纸灰，染成红杜鹃的血泪。我家因先茔远在苏州七子山下，不能年年去扫墓，总得隔一二年去一次。只托守坟的人加意照管，随时去拔野草，扫落叶，加添坟上的泥土。但我去虽不去，每逢新年瞧了先父的遗像，就不知不觉地有黄土一抔，涌现在我的面前，使人低徊不尽咧。记得六年前的清明节，正是我新婚的后二月，母亲说今年须要上花坟了（苏俗，新婚后上坟谒祖先，曰上花坟），因便带着我和新妇同往苏州去。下火车后，换船往西跨塘，足足有六点钟的路程。找到了守坟的人，就同坐山轿到七子山下。我一步一步地走近祖坟，忽起了一种说不出的情感。到坟上时，眼见松柏参天，结成了一片乱绿，映得我们浅色的春衣上也带着浅碧之色。料想三五月明之夜，或有我父亲的灵魂，在这森森松柏之下往来散步么？在这松柏的背面，便是一个不大不小的土馒头，乱草中开着几朵猩红的幽花，似是我母亲当年的血泪所染。我虽爱它的鲜艳，可也不忍去摘取咧。我们上了酒菜，点了香烛，先后叩过了头。我叩下头去时，又仿佛见父亲从坟中走出来，身上的装束和那画像中的一模一样，满面堆着笑容，不过我叩罢了头立起来时，忽又不见了。随后我们便在坟旁的石条凳上坐下，母亲含着两眶子的眼泪，说起十多年前父亲临终时的惨况。十多年来同生活奋斗之苦，真个感慨不尽，我和新妇也止不住掉下眼泪来了。我们在坟上盘桓了两点多钟，我擦去了石凳上久积的青苔，扫除了地上枯败的落叶，摩挲那一株株的松树、柏树、杨树，兀自恋恋不忍离去。觉得这所在一寸一尺之地，都留着父亲的遗像，直灌注到我的心坎里去。我暗想今天母亲来吊他，我和新妇来吊他，他眠在黄土垅中，可有一丝感觉么？可也觉得有一丝安慰和快乐之念么？这夜我们宿在守坟人的家里，夜雨萧萧，打在纸窗上。我的心便又飞到七子山下，暗想那幅父亲的遗像，倒安放在家里画箱中十分安全，但他的坟却不能造在家里。十多年来不知捱了几回雨打，几回风吹，又经了几回雪盖，几回日晒。父亲躺在下面，可也捱得下那风雨雪日的欺压么？唉，风雨啊雪日，求你们不要侵犯我父亲的坟墓！

　　我父亲去世的那年，正是庚子年。八国的联军长驱入京，实是我们中国历史上很伤心的一页。一时风声鹤唳，惊动了全国。父亲虽已病重了，仍天天要新闻纸看，焦虑得甚么似的。上海方面，人心惶惶，近边有好多人家，都搬往乡下去了。父亲对母亲说："我的病怕已没有希望了，身后又没一个钱，你是个女流，如何捱得过去？还是把四个小孩子送给人家一二个。能换几个钱，那就更好。现在北京正在大乱，万一牵连到上海，你总须快快逃回苏州去。"母亲只是哭，回不出话来。北京光绪帝和西太后蒙尘出走的当儿，父亲也弃养了。可怜我一个六岁小孩子的头上，竟担下了一重家忧国恨。如今我对着父亲的遗像，虽见他脸上满现笑容，然而这笑容之中，仿佛也包含着忧国忧家的无穷涕泪呢！

去年我从黄家阙路搬家到西门勤业里时，无意中在一脚破橱里发现了一个旧木碗。我一见这旧木碗，心中刷地一动，猛记起二十年前的事。那时是父亲弃养后的第一个新年，那画师刚画成的遗像已张挂起来了，我们兄弟们既生在寒素之家，又没了父亲，虽逢到新年也没有甚么兴致。眼瞧着邻家孩子们玩着花花绿绿的耍货，只是眼热。外祖母可怜见我们，便买了一盏状元灯给哥哥，买一个木碗给我，总算是过新年了。每天早上，母亲总要对着父亲的遗像痛哭一回。有一天母亲不知受了甚么感触，哭得分外的悲痛，一句句送到我耳中，直好似刀戳针刺一般，禁不住也号啕大哭起来。那时手中正捧着那只木碗，眼泪便索落落地一起掉在杯中，倒做了个承泪之盘。到得母亲哭罢，我那木碗中也盛了一小半的眼泪了。如今我见了这旧木碗，怎不伤感唉？碗中的眼泪早已干了，碗底的泪斑也早被灰尘掩住了，但我的终天之恨，可一辈子也忘不了的！

今年的阴历新年又到了，家里小孩子们，已欢天喜的预备过新年了。先父的遗像虽还没有挂起来，那一张圆圆的大白脸，已从我心坎上映到眼前……唉……

（原载《半月》第 2 卷第 11 号，1923 年 2 月 16 日出版）

大水中

这一星期的倾盆大雨，仿佛千军万马一般，从天上倒将下来，顿使定永河中的水高涨起来，冲塌了河坝，泛滥上岸。可怜这一个富饶的秦家村，一大半淹没在水中，不但村中男女死伤了不少，连猫狗鸡鸭也都牺牲了小性命。

这一天雨止了，水退了，太阳出来了，那一道道金色的阳光，也不管人家的惨痛，又照常照遍了全村。除了高处的屋子还完好外，其余低下的地方，都是墙坍壁倒，变做了一堆堆的瓦砾。瓦砾之中有时还发现一具两具浸泞的尸体，真使人惨不忍睹啊！

慈善医院的院长秦老医士，带了一个助手，提着药包，在那里挨门挨户地救治伤人。他老人家是全村中最恺恻慈祥的人物，平日间村人们倘有甚么病症忧苦等事，他总是掬着笑容，好好儿安慰他们。但今天眼瞧着这一片劫后的惨象，那一头银丝似的白发之下，也不由得做出一张沉郁的面庞，老眼之中，似乎还隐隐含着泪痕咧。

秦老医士一路巡视过来，已救治了好多伤人，此刻便到了陈寡妇家。她家因为是去年新造的屋子，造得又很坚实，所以没有冲塌。水退以后，一母一子仍厮守在那里。陈寡妇不知怎的，忽地疯了。她共有两个儿子，大儿平，十五岁，头上受了伤，正躺在床上；次儿威，十四岁，却不知被水冲到哪里去了。陈寡妇坐在床边，哭着嚷着道："阿威，阿威，你到哪里去了？快回来！快回来！"秦老医士不理会她，自管察看平的头额，唤助手舀了盆水来，洗净了伤口，敷了药，用绷布裹好了。床后忽然转出了一个老妈子来道："老先生，我们的二官官被水冲去了，不知他的尸骨落在哪里？好苦啊！奶奶一气，就气偏了心，竟发起疯来。您老人家可给她诊一诊，诊好了，那么阿弥陀佛，也是阴功积德的事。"秦老医士给陈寡妇搭了搭脉，说道："这种病不是一时可以诊得好的。这里湿湿的，也不能住，还是把他们娘儿俩送到我医院里去吧。"这时平也开口说道："好的，秦老先生。我的伤不打紧，但求您医好我母亲的疯病。她竟为了二弟疯了。"正说着，陈寡妇忽又嚷起来道："阿威，阿威！你到哪里去了？快回来！快回来！"

陈寡妇在慈善医院中歌哭无端地疯了十天，口中一声声唤着阿威、阿威，一天到晚，总要唤这么一二百遍，又不住地把手向空中抓着，似乎要拉他回来的一般。秦老医士费了好多心力，才把她的疯病渐渐治愈。每天常能安睡，不再哭闹了，不过态度上还是呆木木的，似乎在那里想甚么心事的样子。

一天，秦老医士诊断陈寡妇的疯病已经痊愈，可以出院了。陈寡妇忽地现出一派局促不安的神情，又像有话要说而不敢说似的。秦老医士忙柔声说道："陈夫人，你有甚么话要说尽管向我说来，我能安慰你的。"陈寡妇拉住了秦老医士衣袖，很恐怖地说道："我不敢回家去！到了家里，眼瞧着门前屋檐，就仿佛见阿威那天落水时怒目向我的情景，怕我又要发疯了。"说到这里，涌出两道眼泪，忽又抽抽咽咽地哭着说道："秦老先生，我今天可要和你说个明白了。要是一辈子隐瞒着不说，良心上的痛苦实在难受，并且死了之后，不但见不得阿威之面，也怎么样去见先夫啊？我如今说了出来，也许能减少一分罪恶。唉！秦老先生，我已决定了，今天我向你画了供状，明天便须投身到尼寺中去度此余年，也忏悔我这杀人之罪。"

秦老医士一听了这"杀人之罪"四字，不觉大惊道："怎么说？怎么说？你怎么会杀起人来？"陈寡妇指着一把椅子，很镇静地说道："秦老先生，你请坐了，听我慢慢地说来。吾家阿威的死，不是大家都知道了，他是在发水时溺死的，因为水势极猛，把他不知冲到哪里去了。其实呢，水势虽猛，我也尽可救他。然而我却坐视不救，并且扳掉了他攀住在屋檐上的手，把他推落水中。秦老先生，你听着，我委实是个女杀人犯，生生地杀死阿威了。"说着两眼霍霍地向四下里乱射，一会儿把双手掩住了脸，又哭了。秦老医士疑她的疯病又发作起来，忙抚着她的背说道："陈夫人，你快静静心，不要胡思乱想。这一回大水中溺死的人，也不止你家二公子一人，你又何必如此气苦，竟说是你杀死他的？你虽是这般说，我可也一百个不信呢！至于二公子为人，又聪明又诚实，原是一个好孩子，村校中师长们都称赞他。便是你家陈先生在日，也非常疼他的。"陈寡妇道："原是啊！他是先夫最疼爱的儿子，至于我表面上虽也疼他，心中却并不疼他，因为他是别一个妇人生的，并不是我的骨血！"

秦老医士很惊讶地瞧着她，以为她又疯了，接着说道："陈夫人，你住到这村中来，已有十二三年了，人人都知道你有两个儿子，如今怎说二公子不是你的骨血呢？"陈寡妇道："你不要当我说疯话，我此刻神志很清明，一些儿也不疯了。可是这十多年来，我绝不披露此中的秘密，你们当然不会知道。要知阿威实是我先夫外室的儿子，是一个窑子里的姑娘生的。待我把过去的事情一一对你说破了罢！"说到这里，顿了一顿，向秦老医士要了一口茶喝，便又接下去说道："我和先夫的婚事，原是二十年前旧式的婚姻，是凭着父母之命媒妁之言而结合的。我的面貌，自己知道很平常，但也读书明理，努力做他的贤内助。婚后一年中，两下里原也如胶似漆，感情极好。叵耐我夫生性风流，最喜欢拈花惹草，寻芳猎艳，可不是我一个面貌平常的妻子所能拘管住他的。婚后几年，我即生了一个儿子，他在窑子里却相与了个名唤菊芳的姑娘，竟给她脱了籍，同住在一起，从此便恋着菊芳，不大回家了。我心中虽很气苦，也奈何不得他。况且做丈夫的纳妾，原是社会上惯有的事。我只索守着自己新生的儿子，鼓起了勇气，捱受那无可告诉的苦痛了。这样过了一年，我夫似乎和菊芳打得火热，也生了一个儿子，但是不上半年，两下里却渐渐冷淡下来。我夫回来得勤了，回来时总满脸现着不高兴的神情，在我身上寻事出气。我心中却暗暗地快乐，知道他和菊芳快要分手咧。有一天晚上，他抱了个小孩，垂头丧气地回到家中说：'菊芳卷逃了，抛下这孩子，只得抱了回来。'我忙道：'你抱回来做甚么？'他很苦痛似的说道：'我要求你好好抚养他，像抚养你自己的儿子一样。'我一时妒火中烧，脱口呼道：'不不！这一个娼女的贱种，可不干我的事！'我夫悄然说道：'他虽不是你生的，然而也是我的骨血，你难道不能瞧我分上收下他来么？'我仍很坚决地一叠连声嚷道：'不能不能！我为了那娼女已捱了两年多的苦痛了，如今还要把这贱种来累我么？'我夫含泪说道：'你不要开口贱种，闭口贱种，我万万不能抛下他，就和他一同去了。'说完抱着那孩子，回身走出门去。我这才急了，急忙扯住了他，当下便答应他把这孩子抚养起来。我夫才平了气，不再出去。过后登报招寻菊芳，连登了好几天，也没有甚么消息。他心灰意懒，不愿再住在城中，常多伤感，就迁居到这秦家村来。村中的人，都以为这两个孩子同是我所生的，我未便否认，可也不能声明。阿平、阿威又并不知道，彼此相亲相爱，好似亲兄弟一般。我对他们俩的待遇虽是一样，心中自然爱着亲生之子。但我夫却似乎专爱阿威一人，他常把菊芳的照片对着，说阿威活脱是菊芳的小影，他仍还爱着菊芳，就把爱菊芳之情，都移在阿威身上，对于我和阿平，简直说不上一个爱字了。末后我夫毕竟为了想念菊芳之故，郁郁而死，遗下一份薄产，就由我把阿平、阿威抚养长大起来。我为了先夫分上，也不敢难为阿威，吃啊，着啊，两兄弟都是一样，并不分甚么薄厚。不过我心中却牙痒痒地恨着菊芳，为了她，才使我夫杀减了爱我之情，害我捱受了多年的痛苦，也为了她，才使我所爱的丈夫葬送了性命，累得我一辈子做这凄凉的寡鹄。我便暗暗立一个誓，我以后倘遇见她时，定要一报此仇。"陈寡妇说到这里，握拳切齿表示她心中深嵌着的仇恨。

一会儿又继续说道："那晚大水来时，我正在楼上做针线，两个孩子坐在一旁读书。先还没有知道水涨，直到邻家呼喊起来，却见我家楼下也已浸在水中，那水还是不住地升高，竟浸到楼上来了。两个孩子着了慌，忙拉了我赶上阁楼，打开天窗，爬到屋顶上去。阿平先上去，不知怎样，一根街灯的长木竿倒过来，恰打在他头上，把他打倒了，躺在屋顶上昏晕过去。阿威跟着也上来了，他脚下正穿着皮鞋，陡地一滑，便从这斜屋顶上滑了下去。他大喊一声，滑到了屋沿，急忙把双手抓住，但他身体已悬空了。他唤着我，唤我拉他一把，好拉上屋顶来。我这时似乎已疯了，我眼中瞧他，明明是一个菊芳悬空在那里。眼啊！鼻啊！嘴啊！头发啊！——都是菊芳！于是我自己对自己说：报仇的时间已到了，此刻不报仇，更待何时？心中这样想，便立时咬一咬牙，刷地伸过手去，没命地扳掉他那攀住在屋檐上的手指，一手刚去，那一手恰又一滑，可怜的阿威便掉到下面水中去了。他掉下去时，似乎曾怒目向我瞧了一眼。从此我再也不能忘怀，我于是疯了。"说完，扑倒在床上，又抽抽咽咽地哭个不住。秦老医士不知道应该说甚么话安慰她，只是呆呆地坐在一旁。

第二天，陈寡妇把大儿平和十多年来没有使用完的薄产，全都重托了秦老医士。她自己便投身到尼寺中去，藉着蒲团经卷，消磨她负疚的余生了。

（原载《半月》第 3 卷第 23 期，1924 年 8 月 15 日出版）

避暑期间的三封信

第一封信

莲汀吾夫:

你送我到庐山来避暑,一转眼已半个多月了。此来一小半为了避暑,一大半却是为的养病。山中的苍松、银瀑以及晓风、夕阳、夜月等等,都足以开豁心胸,苏我的病体。然而不知怎的，我心头总有一件事情，左推右推推不开的，兀自梗住在那里。其实这一件事，已磨难了我一年有余，我如今面黄肌瘦，一病恹恹，也就因此而起的。

唉，莲哥，我本来早就要和你开谈判了。只为爱你的心太切，不敢开口，生怕一开了口，你说我的器量太小，因此反失欢于你，这是不是玩的。于是宁可在暗中捱了一年多的苦痛，始终没有在你面前哼一声儿，也从没有当着你露出一些不自在不快意的样子。如今我却可以开口说了，为甚么早不说迟不说，偏在这当儿说呢？喏，因为你自己已点醒了痴迷，跳出了情网。我就利用这时机说一个明白，希望你不要再入痴迷，重陷情网，不要再当我是盲子，使我捱受那无限的苦痛。

这两年以来，你完全变了习性。向来每天七点钟就回来的，这两年来却要过了夜半才回来。问你为甚么如此回来得迟，你也没一句真心话。但我以为做男子的，原比不得妇人，朋友多应酬也多，这是免不了的，可不能把丈夫缚在裙带上，一步不离啊。但你可知道你夜夜迟归，我夜夜等着你，你不回来，我是睡不着的。

我最先起疑的一次，是在去年夏天的那天晚上。过了夜半，你还没有回来，我躺在床上，眼睁睁地瞧着床顶，听你的叩门之声。谁知等到了夜半过后两点多钟，仍还不见你回来。我等得倦了，迷迷糊糊睡了过去，到得妆台上钟声报了三下，把我惊醒了，才见你回来。你说是在朋友家打扑克，但我第二天早上，在你换下来的衬衣袋中，发现一方水红边的小手帕，香馥馥的带着一股茉莉花香，于是我知道你在外面已有了人了。

　　我发现了你这秘密以后，心中很难受。然而我不敢对你说破，我既是你的妻，依旧尽我为妻的职务就是了。这天你深夜回来，我仍对着你微笑，也索性不问你在甚么地方了。我仍柔柔顺顺的睡在你身旁，你那身上的茉莉花香，直薰得我头脑作痛。唉，这可不是你那外妇身上的香么？早上用过了早餐，你忽地对我说，为了公司中的事，要到南京去走遭，须一礼拜后才能回来，你倘嫌寂寞，不妨同着小莲回你母家去小住，我回来时来接你便了。我心中将信将疑，但仍不敢对你说甚么话，却忙着给你料理行囊，道着一路珍重，送你到大门外。阿莲还嚷着道："爹爹，爹爹，你从南京回来时，带几个鸭肫干我吃。"你点了点头，匆匆的跳上黄包车走了。

我心中怀疑着，想你为甚么突然的要到南京去，不要是扯谎哄骗我，实在是和那外妇畅聚一礼拜么？但我也没有法儿想，只索依着你的话，带了阿莲回母家去。便是在父亲母亲跟前，我也并不把你已有外妇的话，向他们诉说。可是他们知道了，也无可奈何，我又何必使老人家为我不安呢。

唉，莲哥，我直好似一条恬静的清溪啊，兀自在和风朗日之下，宛宛流去，无声无息地，简直是微波不兴。你可要笑我这妇人是无用长物，太好说话了么？

我写到这里，心头忽觉得很涨闷，头也有些儿作痛了。旁的话很多，下次再说罢，愿你珍重。有暇请到我母家去一次，看阿莲可好，说我很记挂她。淑上，六月二十日。

第二封信

莲哥：

六月二十四日那封信，想来已收到了。一连十天，你没有回信给我，可是恼我么？还是没有话可说，所以不写信么？但我上次的话还没有完，不得不继续下去。那时我在母家住了一礼拜，天天盼望你来接我回去，谁知左等也不来，右等也不来，阿莲又记挂着南京鸭肫干，我却料知这鸭肫干是十停中有九停靠不住了。

　　我回母家后的第八天晚上，姨母请我上中国舞台看戏去。阿莲怕看红面孔和绿面孔相打，因便留在家里，伴着她外祖母。我买了两个鸭肫干给她吃，她就很高兴了。我们是坐的官厅，抬起头来，可以望见两面包厢的一部分。这天新到一个旦角陈雅仙，演《棒打薄情郎》似乎很不错啊。正在棒打演完的当儿，我无意中抬头一看，立时好似当头打了一个霹雳。原来见近台第三个包厢中，有一男一女，在那里喁喁情话，不是你和你的外妇么？呵呵，我的眼福很好，居然瞧见你的外妇了。瞧伊的模样儿，似是一个窑子里的姑娘罢。两个凤眼，很为风骚，瞥来瞥去的十分活动。伊笑时，两面粉腮子上，也能晕出两个深深的酒涡儿。像这样善媚的狐狸精，无怪要迷惑住你，我知道你的灵魂，也就失落在伊的一双凤眼和两个酒涡中了。论到姿色，实在平常，眼圈下的几点雀斑和两个颧骨，使伊减色不少。不过年纪确比我轻，至多不多二十二三岁罢。唉，我明年就是三十岁了，嫁了你十年。一年年觉得自己老了许多。我又没有那种风骚的凤眼和酒窝儿，无怪你要去爱上别人。但我以为既是你的妻，似乎可不必借重窑姐儿的媚态，来结你的爱么？然而你既不爱我，我也不得不退让了。

唉，那时你们何等的快乐啊。一阵阵的浪笑声，送到我耳中，直把我的心捣碎了。你兀自专心致志的注在伊身上，哪里还留心到我，又哪里知道我把辛酸眼泪，不住地向肚子里咽啊。姨母自管看戏，并没瞧见你，我也不愿意给伊知道。到得《疯僧扫秦》演完，我再也坐不住了，就推说头痛欲裂，急着要回去，姨母也只得伴我走了。

好一个作伪的人，第二天你居然提着行囊，匆匆的来接我了。又从行囊中掏出十多个鸭肫干来给阿莲。我心中又气又好笑，想这鸭肫干可惜不会开口，不然定要说它们实是上海那一家广东店中的出品，并不从南京来的啊。唉，莲哥，你既爱上别的人了，为甚么还要敷衍我，难道是怕我么？我也没有甚么可怕之处，转是我倒有些怕你。我前一夜虽曾流了一夜的眼泪，打算和你大闹一场，但是见了你的面，却又没有这勇气了。我还是不和你哼一声儿，还是装着笑脸欢迎你。

唉，你握我的手，我心知你是刚握过了那人的手，才来握我的。你搂住我的腰，我也心知你是刚搂过了那人的腰，才来搂我的。我似乎觉得你的手上臂上，还留着那人的余温咧。一霎时间，我的知觉麻木了，呼吸急促了，不由得晕倒在你怀中，你那时不是很弄得莫名其妙？

咦，医生来了，我不能多写了。医生劝我要静养，不可多思想，但我思绪纷纷，怎么竟抽之不尽啊。这几天天气很恶劣，你多多保重罢。妹淑白，七月五日。

第三封信

莲哥青睐：

朝起看山瀑，似是一匹白练奔泻而下，我的思绪也就像这山瀑般按捺不住了。回到旅舍中，唯有坐下来写信给你。前两封信，你虽没有覆我，但我接二连三的给信，你临了你少不得要覆我一言半语罢。

你夜夜迟归，大约继续了十个月之久。我们俩彼此敷衍，不曾露出一丝破绽。我郁郁成病，你也不知道为甚么缘故。你深夜回来时，总是很快乐，估量你两眼之中，还带着那人的倩影咧。直到今年端午节的前几天，我瞧你态度有异了。每晚十点钟，已回到家里。回来后便找把柄，发脾气，借着发泄你心中的烦恼。可怜那六十多岁的老张妈，天天被你骂得哭了。我一向有耐性，只是不做理会，不然也早和你闹起来咧。我暗暗猜测你发脾气的原因，和早回来之故，心上不觉一喜，料知你那外妇一定有了变卦。一夜你熟睡时，忽地喃喃不绝的说着呓语。我从这呓语中，便知道你那外妇已抛下了你，嫁与一个老富翁了。到此我才吐了一口气，暗想仗着这老富翁金钱之力，把那窑姐儿吸引了去，从此仍还给我一个完完全全的丈夫，可没有人夺我的爱了。

节上我偶然瞧见你那扣银行中的存折，存款上已少了五千元，大约就是你一年多的买笑金了。委实说，我并不痛惜这笔钱，只痛惜这一年来，我暗中损失了你无限的爱我之情，又损失了无限精神上的乐趣。但愿你从此觉悟了，不要再入痴迷，重陷情网，不要再当我是盲子，使我捱受那无限的苦痛。

我到了庐山已有两月，因为心中一宽，病也好多了。只要你从此怜我爱我，不再沾花惹草，那我以后决不会再病，我的身体反要比以前健旺了。我这三封信可使你着恼么？要是不恼我的，那就盼望你快来接我回家，我委实很记挂你，又记挂阿莲。你们俩是没一分没一秒不嵌在我心头，我万万放不下的莲哥，我等着你来，我很想回到故乡，和你一同看那中秋夜团圆的明月啊。妹淑，八月一日。

上海来电

江西庐山消夏旅舍十五号吴郑淑嘉

三函俱悉，我已觉悟，以后永不相负。准明日启行来接，小莲安，勿念。莲汀，八月五日。

（原载《半月》第3卷第24期，1924年8月30日出版）

爱妻的金丝雀与六十岁的老母

　　H先生在美国留学十年，如今才回国了。他也像衣锦荣归似的，心中说不尽的得意。因为他这回回来，多了两件东西。第一件是那黄色的皮箧中，多了一张C大学的哲学博士学位证书，第二件是身旁多了一位蓝宝石眼金丝发的美国夫人。

　　这位美国夫人W女士，原是纽约城中一个舞女。明眸皓齿，出落得很为美丽。那一搦纤腰，在跳舞的当儿，真好似三起三眠的杨柳枝一般，无论一摇一摆，一俯一仰，一举手，一移足，都能表现出一种销魂荡魄的娇态来。因此伊每到跳舞场中，无论老年人少年人，都钻头觅缝的要和伊合伙儿跳舞。

不知道 W 女士是不是巨眼识英雄，忽地赏识了这中国留学生 H 先生。每上宴会跳舞会，总是搂着 H 先生同舞。琴韵灯影中，不住的舞着，直舞得娇喘细细，香汗淫淫，直舞得 H 先生的心，也在心房里跳舞起来。这样一个多月，两下总在一块儿跳舞，耳鬓厮磨，眉目传情。于是 H 先生的胸脯，竟偎热了 W 女士的芳心，一阵子写情书，讲情爱，居然宣告结婚了。

他们俩结婚之后，倒也情如胶漆，恨不得日夜的黏合在一起。两人的心中，都有一种满意。H 先生以为娶一个中国女子做夫人，远不如外国夫人的娇媚。W 女士也以为嫁一个本国男子做丈夫，也比不上中国丈夫的循谨。于是夫爱妻的娇媚，妻爱夫的循谨，两下里便过了一年多海燕双飞的美满生活。

W 女士爱伊的丈夫，也爱伊的金丝雀。这金丝雀也和伊丈夫一般循谨，肯在伊的纤掌中啄东西吃，肯栖在伊的肩头，亲伊那张樱桃小口。这是伊旧时一个情人送给伊的，特地制了一只金丝的鸟笼，博伊的欢心。后来那情人破了产，被伊抛弃了，但这金丝笼中的金丝雀，倒还不曾失爱于 W 女士，天天亲自把珍食喂给它吃，逗着它玩，听着它的歌唱。伊既嫁了 H 先生，就把这金丝雀像陪嫁般带了过来，又异想天开，把 H 先生的名字，称呼这头鸟。曾指着鸟，笑对 H 先生道："我爱你如爱金丝雀。"H 先生明知把自己和金丝雀相比，未免拟不于伦，只因出于爱妻之口，就好似圣经中的圣训一样，只索没口子的答应。

照 H 先生的意思，原想伴着这花朵儿似的美国夫人，久居美国，不再回捞什子的祖国去了。好在自己早已毕业大学，挂着个博士头衔，总有法儿想。日常要使钱，只须写信打电报，不怕家中不汇来啊。谁知他正打定了这不回国的主意，偏偏他那不识趣的老子忽然死了。万急的电报，雪片也似的飞来，催他赶快回国去。他心想奔丧倒不成问题，唯有那二十多万的遗产，倒是非同小可。虽是老子娘只生自己一人，上没有兄，下没有弟，不怕甚么。但在忙乱之中，说不定被自族里的弟兄们沾了光去。母亲年纪老了，顾不到许多，事关自身权利问题，可不能不回国了。但他生怕 W 女士不肯同去，着实踌躇，一天晚上，便诚惶诚恐的在枕边向伊情商。

大凡西方人眼中瞧中国，总像是一个神秘不可思议的去处，和大人国小人国一样。这位 W 女士更是一个特别好奇的女子，听说要到中国去，心想这真好似甘立佛游小人国，一定很好玩。当下便很高兴的答应 H 先生同去，好在伊是没有父母的孤女，一些没有甚么牵挂的。并且伊听说中国还有二十多万遗产等候享用，更乐得心花都开了。于是开了留声机，早又搂着 H 先生狂跳乱舞起来。

他们定船舱，办护照，收拾行装，一连忙了好几天，方始定当。朋友们送别凑热闹，又连开了几夜的宴会跳舞会，狂欢了一下子，才把他们俩送到船中，乘风破浪地往中国去了。瞧着 H 先生那种快乐的神情，谁也料不到他是个死了老子的人，说甚么泣血稽颡，简直是手舞足蹈啊。

W 女士那头心爱的金丝雀，当然也带着上船了。W 女士每天不是搂着男子们跳舞，便听这金丝雀歌唱，把那金丝笼子挂在床横头，听个不住。伊往往对着金丝雀带笑说道："亲爱的，你唱得好曲儿，这回子我带你到中国去，做中国的上客，须得放尊重些，没的使他们小国的人小觑了我们。"H先生觉得这些话怪刺耳的，但也只得在旁边陪笑凑趣，不敢哼一声儿。

H先生啊，W女士啊，金丝雀啊，都到了中国了。H先生的故乡是在镇江的，那船到上海后，他们下了船，又在上海从从容容的盘桓了几天。满足了W女士好奇的心和好奇的眼光，才改搭火车往镇江去。那时H先生家中因为等不得H先生赶回来，早把他父亲殓了，灵柩却仍暂放家中，等五七开奠安葬。H先生一回来，疾忙接受了遗产，一一点交清楚，委实有二十多万动产不动产，加着那留美回国哲学博士的头衔，和一位娇滴滴艳生生的美国夫人，真是锦上添花，好算得大丈夫得意之秋了。

H先生既点收了遗产一切契据，便把他们这座十上十下的住宅察看一遍。一见了那灵柩，不觉眉头一皱，对他母亲说道："这死人的棺木如何好停留在活人住的屋子里，这未免太野蛮了。旁的不打紧，没的吓坏了我这位少奶奶。"当下便一叠连声吩咐下人，赶快把这棺木移往祠堂中去，听候安葬。他母亲虽竭力反对，他却只做没有听得，下人们也不敢违拗小主人的命令，终于把灵柩移去了。

五七设奠之后，草草葬了他父亲，他没有事了。天天和 W 女士商量享用那二十多万遗产的法子，劈头第一件事，觉得这中国式的旧屋子很住不惯，非改造一宅大洋房不可。于是也不取他母亲同意，先租了一座洋房迁去暂住，一面便唤了工匠来，把他家三代传下来的旧宅拆成一片平地，重新造起五层楼的洋房来。他那位六十岁的母亲只是流泪太息，暗暗对亲戚们说道："吾家来了一个外国媳妇，我的儿子也变做了外国人了。瞧我儿子那么蛮不讲理，真好似他们外国人侵占我们中国一模一样，这真是气数啊。"亲戚们为了这位大权旁落的老太太，很抱不平，然而也奈何 H 先生不得。

六个月后，H 先生的新洋房落成了。便大摆筵席，庆祝落成，自有许多中外新朋友来凑趣道贺。他不好意思排斥那位六十岁的老母，只索一同居住，好在不把伊老人家放在心上，也由伊和下人们混在一起算了。

宴会啊，跳舞会啊，这是 H 先生和 W 女士的家常便饭，差不多每礼拜中，总要举行二三次的。琴韵歌声，钗光钿影，混合在一起，大家快乐得甚么似的。唯有那位见弃于儿媳的白头老母，和几个老妈子躲在厨房中，没人理会，远不如那金丝笼里的金丝雀，倒在那跳舞室中占一个位置，受许多来宾的重视。

W女士除了丈夫外，只知有金丝雀。伊没有儿子，仿佛就把金丝雀当作儿子了。伊的心目中，那里有老姑，便是H先生心目中，也只知有爱妻，不知有老母了。可怜那老太太独往独来，好不凄凉寂寞。整日价陪伴伊的，只有伊十年来所豢养着的一头花白老猫。伊无聊中，往往抚着猫背，含泪说道："唉，做儿子的已不认识生身的老母了，你这畜生倒还认识老主人么。"那猫只是呜呜的叫着，似乎助伊太息。

一天早上W女士忽地大哭大闹起来，说那天杀的贼猫，来把伊的金丝雀生生咬死了。慌得H先生手忙脚乱的赶到伊绣阁中，擎着司的克追赶那猫。直追过了花园，跑出门来，末后见那猫逃上别人家屋顶去了。他无法再追，方始垂头丧气的回来，柔声下气的安慰W女士。W女士兀自把那金丝雀搂在怀中，不住的哭，给他一百个不理会。

看官们要知这闯下弥天大祸的猫，千不是万不是，正是老太太十年来所豢养着的那头花白老猫。它不知是有意还是无意，这天趁着 W 女士将金丝雀取出笼子来洗浴时，就捉空儿把来咬死了。它被 H 先生一追，逃上别家屋顶，就跑了个不知去向。但它睡梦中也料不到弄死这一头小小的鸟，却连累了它老主人代自己受罪。

W 女士哭了半天，才买了一只精美的钿匣，郑重其事的把金丝雀殓了。H 先生倒好似做了个罪孽深重的不孝子，在一旁亲视含殓，还办了两个花圈，表示哀意。W 女士既把金丝雀的后事料理定妥，便和 H 先生一同去找老太太说话，勒令老太太交出那猫来，限二十四小时答复。W 女士不能说中国话，当然由 H 先生通译，辞正气严的，倒像办甚么国际交流一般，几乎把个老太太吓坏了。

老太太听说那猫咬死了外国少奶奶爱若性命的金丝雀，又勒令伊在二十四点钟内交出猫来，这一急非同小可。急忙亲自督同老妈子们满地里找寻，然而任伊把屋角、床下、屋顶上、园子里一起都找到，总也不见那猫的影儿。可怜老太太已乏得筋疲力尽了，还是把筷子叩着猫食盆，向空中颤声悲呼道："咪咪回来，咪咪回来。"

二十四小时很容易的过去了，W女士见老太太胆敢不交出猫来，便又拉着H先生赶到老太太房间里，大兴问罪之师。吓得老太太躲在床背后，忕愣愣地不住的打战。W女士倒竖了蛾眉，圆睁着杏眼，勉强用中国话骂道："老婆子该死，老婆子该死。"这句话，大概是从枕边速成科学来的。H先生也向老太太跺脚道："这是哪里说起，要知少奶奶爱这头鸟，正和爱我一样。如今你纵容那贼猫忍心害理的咬死了它，就好似亲手杀死你的儿子了，你使少奶奶不快活，倒不如杀死了我。"老太太听了这种千古奇谈，气得说不出话来，只是扑簌簌地落泪。

二十四小时过去后又四十八小时九十六小时……都过去了，老太太终于交不出那猫来。W女士除了天天到伊房间里骂几声"老婆子该死"外，倒也没法处分伊。一天，W女士却得了个计较，便和H先生共同发下命令去，全宅中无论男女下人，即日起不准服侍老太太，并且也不准理睬伊，违者罚金斥退。又责成门房谢绝亲戚登门，生怕来给老太太打不平。

从此老太太的生活，简直比牢狱中的罪犯都不如了。要粥饭没有人送，要茶水没有人给。一连几天，伊索性不饮不食，兀自坐在房中，对着伊丈夫的遗像呜咽流泪。可是六十岁的老人，如何捱受得起这样磨折，不多时，就生生地气死了。伊是甚么时候死的，竟没有人知道。送伊终的，只有伊丈夫的一幅遗像，像中一双老眼，似乎含着两包子的眼泪。

这晚 H 先生正为了祝 W 女士的生辰，特地开一个花团锦簇的跳舞大会。宾客们花花对舞，燕燕交飞，何等的快乐。忽有一个老妈子慌慌张张的来报老太太死了。H 先生生怕被人知道，杀了胜会，即忙挥一挥手，低低的说道："唤账房先生买一口棺木来安殓就是了。"

爱妻的金丝雀不幸横死，总算把六十岁的老母抵了命了。

（原载《半月》第 4 卷第 2 期，1924 年 12 月 26 日出版）

珠珠日记

　　斜曛似梦，落叶如潮，轻飔薄帘腰入窗，已含秋意。新雁叫风，曳残声过小楼，若告人以秋至。瘦鹃氏积病乍愈，袭重衣，斜倚沙发上，手执英国大诗人摆伦氏悲剧脚本《佛纳》（WERNER）一册，披阅自遣，而心则如万丈游丝，冒晴空而袅，渺渺弗属。书中何语，乃一不之省。因抛书于侧，流目他顾，无意中遽及月份牌，则见赤字作血色，映入眼帘，上为"九月"二字，略小，下则大书曰"二十五"，屈指一病颠连，几及两月。笔墨荒落，砚田不治。能不令人心瘁？回忆初病时，夏木鹂声，尚婉转送入吾耳，横塘中莲叶田田，亦未零落净尽，而曾几何时，已是秋风黄叶之天。光阴容易，如电走空，刹那间已飘瞥无痕。则吾人厕身斯世，亦如飘流过客，悠悠数十年，直转眴间事耳。迨至数十年后，一棺既盖，长眠黄土之下，纵令后死者千呼万唤，付之弗闻，而生前角逐名利场中所得之俘虏品，至是究亦安在？争名夺利无一非空，名本虚幻，直同空气，而灿灿黄金，死后亦弗能携以俱去。即使墓碑十丈，镌其一生遗事，峗立墓前，或足以昭垂一时，然而此墓碑亦滋难恃，苟为数十年风雨所剥蚀，苔痕蟲满其上，黝然作黯碧，或有好事者过，扫此苔痕，求其故实，作游记中之资料，借以生色。而字已模糊不可复读，并姓名亦不之识，然尚可问之故老，得其一二，更数十年者，故老已弗存，则其姓名遗事一例成尘，人遂不复知此墓中人为谁矣。

念至是，则为之低徊不置。当是时，阿母适入，掬其笑容于瘦靥之上，鞭然向予，次即至吾侧，偻其身，展手以抚吾额,复絮絮问寒否?疲否?思茶否?继见沙发上书,则立取之,发为恳挚之声曰:"吾儿久病方痊,急宜休养,乌可读书以劳神思,药在壶中沸久矣。进药之时已届,汝其须之,吾当往取。"遂直其身,而风动帘波,斜阳漏一线入,灿若黄金,适烛母面,眉宇间如幂慈云,温蔼无伦。帘动斜阳,金光摇漾,寻及其首,如作环形,则吾几疑圣母顶上之圆光矣。须臾,母已带此斜阳而去,旋以药碗入,坐吾次,手碗进吾,吾饮之立尽,觉此药碗在阿母手中,药乃立失其苦,一入吾口,且似化为醇醪,弥觉甘芳。饮罢,母始起去。既而天已暝黑,遂以灯至,予就灯下窥母,心乃弥痛。盖吾一病之后,乃使阿母容光,较前此瘦损多矣。缘吾病中,母实况瘁万状,日中奔走为吾料量汤药,夜亦必数数起,潜来视吾,或按吾额,或抚吾胸,热少增,则颦蹙弗展其眉,热少减,则不禁色然而喜。予每值阿母抚摩时,吾身似已返于儿时,密裹襁褓之中,就阿母怀抱,听其拂拭。顾忽忽数旬,母劳无已,吾心亦滋惴惴,惧吾病未瘥,而母病遽作。母知吾意,则悄然谓予曰:"吾滋愿代儿病,唯恨弗能。儿病而能即愈,吾病又何足恤?"

　　　　女冠子

嗟夫！慈母爱子之深，乃至于此。予生于赤贫之家，一身外无长物，阿父弃世时，亦一无所遗，特遗此慈母，直较百千万之巨产为尤可贵。自顾此身，不殊富贵，予生平既无所有，亦无所长，唯有此慈母，实足以骄人也。予方陶然自得，陡闻履声橐橐然起于梯上，予平日因习闻此声，立谂来者为吾知友慕琴。慕琴每上梯，辄作急步，予尝窃喻之，谓如蚱蜢跃登稻茎也。既上，予已启关以俟其入，则立出一裹授予，谓此裹殆为君友所遗，寄至中华图书馆编辑所者。君或不即出，故吾为君代取。予视裹面，字迹初非素识，亟启视之，则为西纸簿一，上署时日，似为日记，字亦为钢笔所书，罗罗清晰，初不草率，外附书曰：

　　瘦鹃先生鉴：今夕于《礼拜六》第六十七期中，得读尊著《噫，病矣》一篇，令人无限感慨，足以唤醒不孝子之迷梦，亦足以成全孝子之心志。先生苟能时作此等小说，则赖先生以感化者多矣，敢为吾可怜之中国贺也。溯自读尊著以来，最令人可歌可泣可钦可敬者，有数种，如《孝子碧血记》

《铁血女儿》(见《小说时报》)、《绿衣女》(见《妇女时报》)等，欲令人不歌不泣不钦不敬，不可得也。近读《噫，病矣》，则一片孝亲之思，又溢于字里行间，于以知先生天性之笃厚。兹特奉上日记数则，每则或可作小说一篇，若以先生之才，即作三篇四篇，亦殊易易。若刊于《礼拜六》中，每篇又可得十元二十元之润资，以奉先生之慈母，藉博慈颜一粲，不亦乐乎？唯先生不可以吾书及日记付刊，以老师至严，知之必加呵责。然何故寄此日记？则以先生之母，亦如吾阿母之慈爱，吾爱母甚，故亦爱先生之母，即借此不足道之文字，以表吾诚，先生或亦许吾乎？吾年幼，读书不多，此日记宁独力所能成？斟字酌句，半实得阿母阿兄之助。钩月入帘，明灯乍灿，即为吾埋头窗下，拂笺把笔之时，时或一记，亦不自觉其苦也。吾书已竟，愿上帝永永加福于先生。

十二岁女子珠珠上言。

其日记曰

一月五日　晨起，见晓日已嫣红如玫瑰，映吾窗纱，一室都红，并白色之帐帷，亦作粉霞之色。早餐时，仆妇何妈，谓今日寒甚，急宜加衣。吾曰："身上著如许衣服，尚云寒甚，彼街头丐者，又将如何？"何妈闻语，恻然心动，即倾筐倒箧，自觅旧衣数袭，持往街头寻丐者，空其手而归，盖何妈亦具佛心肠也。餐罢，阿母为吾理发，对镜视吾，谓吾曰："此即乡谚所谓，身著棉花都话冻，可怜街上乞儿公也。"吾心有所触，因足成小歌一，信口歌曰：林涧雪下近残冬，冽冽寒威飒飒风。身著棉花都话冻，可怜街上乞儿公。杜工部"朱门酒肉臭，路有冻死骨"句，正同此意。

三月二十日　吾不作日记久矣。非关懒也，以阿母前患感冒，久久弗痊，日夜呻吟，令吾焦灼欲死。顾又不能代阿母病，俾得祛其痛苦，脱能使阿母安者，儿身又何恤？幸今则已瘳，又健全如平昔矣。前年主日大聚集，得识一巴陵婴儿院中之女子，把臂未久，已成莫逆，临行属吾他日访彼，依依如不忍别。后此吾因数乞阿母偕往，以事集不果。今日午后，母适无所事，乃携吾过婴儿院，访彼婴女。院在观涵道，四周植修竹，新翠欲滴，入其内，则白屋数间，蛎粉之墙，尽作雪色，似别一天地。后进谒院中主事之德国姑娘，则皆和蔼可亲，视诸婴如己出，吾不觉为诸婴贺，失母之后，重复得母也。姑娘又偕母及吾参观院中各处，若为科堂，若为卧室，若为养疴房，若为游戏场以及食堂、浴房，靡不整洁周备。迫至四句半钟，已为诸婴晚餐时，食堂中长桌凡二，婴之自五岁至十二三者，列坐焉。其有过稚不能自哺者，则十四五岁者哺之。当诸婴未食之先，各整立于座外，俯其首，恭立祈祷，声喃喃然，似含悲意。吾闻之，几于泣下，急投母怀，不忍听也。食品无他物，饭一瓯，佐以青菜及鱼肉数片。以设此院者为德意志人，方今欧战未已，本国经济弥窘，院中经济已停寄，故凡百都从节省也。嗟夫！以皇皇之大中华民国，而一般孤苦无依之婴儿，乃弗能自养，仰食于外人，滋足愧矣。当吾去时，尝携饼干糖果数磅，因俟诸婴膳后，即出而分赠之。诸婴最知让，得一饼后，如再与以他饼，即举让他人，不复自取。吾平日辄与阿兄争物，自见诸婴谦让之风，不觉内愧，厥后设有所得，即一一让之阿兄，不敢复争矣。归时，吾向诸姑娘再三申谢，又与相识之婴女作小语，始从母出。而眉月一弯，已揭云幕而出，如美女郎作新妆也。

四月二日　午后忽大雨，凉风飒飒然，挟雨势壮其声威，气候因亦转为微寒。同学之婢仆辈，纷纷送衣至，阿母亦命何妈以夹衣来，恐吾受寒也。嗟夫！父母爱子之心，无微不至，在家时问燠嘘寒，固无待言，儿或在校亦刻刻不能去怀。起风矣，下雨矣，天微寒矣，送伞送衣，栗六万状。吾尝窃怪天下为父母者，何若是之不惮烦耶？即吾每日上学放学，阿母亦必命何妈伴送，一若中道有狼，择人而噬，而何妈足以翼卫吾者。四时许，何妈又来，携吾归家。归后，阿母招吾至其膝前，谓午后天气骤有寒意，儿亦觉寒否，继又问今日读书熟否，写字佳否，算学得十分否。吾答曰："儿衣夹衣，已不觉寒，书亦熟，字亦佳，算学亦得十分。"
母乃大喜，抚吾双颊，以示爱，并出饼饵糖果饲
吾，时时向吾微笑。夫勤敏读书，分内事耳，阿母
又奚用其厚奖？入晚，阿母尚虞吾寒，又为吾加半
臂。然吾恨甚，恨吾夜中酣眠，必至天曙始醒，弗
能起为阿母加被也。

四月二十一日　吾今日以细事掌婢颊，掌后
悔甚，啜泣可一小时，匿不使阿母见，后至母前请
罪，心始少安。平日吾每有过失，自责甚重，苟不
自责，则入夜辄转侧不能成寐，觉精神上有无限之
痛苦。幸吾时萌悔心，故虽有过，而亦甚少，且下
次亦不复犯。然吾何由萌此悔艾之良心乎？乃得诸
天帝，学自圣贤，养之父母，成于师长，是以吾恒
深感天帝圣贤父母师长之赐吾以良心也。

五月十八日　凌晨入学，见途中有两童共挟一
童殴之，既又力蹴其腰，令仆，仆则复殴，被殴之
童啼哭，束手不敢还殴，且作皇恐之色。吾见之，
大愤，见二童犷甚，知进劝亦弗能止其殴。吾又巽
弱无力。未能效游侠子，攘臂而出，平此不平，遂

舍之去。迨既入学，而吾心中尚愤愤弗置。

七月一日　放学归，小立门前游眺，见斜阳方留邻家屋角，恋恋弗去，碧空有鸦影过，鸦背斜阳，的烁如金，为状乃奇丽，寻何妈至，携吾出游。途经一小巷，狭如羊肠且幽暗弗洁，人家之秽水，即由此巷通于明渠，而汇于河，终日潺潺然弗绝也。吾睹之忽有触于怀，念潺潺山水，水也，潺潺渠水，亦水也，同是水也，而人经山水处，则五内皆爽，经渠水处，则掩鼻过之，是奚故？清浊不同也。清，水之本性也，浊，岂水之本性哉？幸则为深山幽谷之清泉。不幸则为秽渠污沟之浊流，幸不幸之别，俨若天壤，人亦犹是也。一念之起，为善为恶，相差虽仅毫厘，顾其品质已相去如天渊矣。曩者阿父亦尝以此言教吾，吾谨记之，弗敢忘。

七月二十五日　今日为祖父忌辰，吾今又忆及祖父矣。祖父之貌，蔼若春温，吾每立其遗像之前，辄觉祖父方含笑视吾，一如生时。吾或夜梦，往往梦见祖父，有时在未睡时，似亦见其立于左右。吾以为鬼也，后念不然，世上必无鬼。凡人既丧其所亲戚友，则所亲戚友之声音笑貌，平日所接于耳目者，此时必深印于脑中，偶一念及，即幻为其人之状态，或见于梦，或见于醒时。而世之人则骇汗相告曰："吾见鬼矣！吾见鬼矣！"实则鬼即生者脑中所印死者生前之状态也，乌有所谓鬼者。迨为日渐久，脑中所印死者生前之状态，亦渐消灭，生者之梦中乃不常见，而世之人又哗然曰："死者死已久，殆投生去矣，故吾梦中乃不之见。"此特臆测之词耳。死者投生与否，孰则知之哉？

八月十九日　今夕薄云如秋罗，衬出一丸明月，月光自邻家之窗隙，射入吾家屋后阑干曲处。吾以小镜迎之，令返射入吾卧室，荡其光于帐上，时方有微飔入，吾帐遂似化为云幕，扶月动荡弗已。吾乃大悦，盖吾殊弗欲见此明明之月，独照邻家也。亟走告阿兄，来助吾捉月，兄谓吾童性未除，憨态犹昔，且谓渠年已十五，不当与吾嬉，防为人见，笑其偷懒不知读书，尚作稚子态。予笑之曰："阿哥老成人哉！吾自憨态犹昔耳。"因复入室弄月，且弄且观，益觉其美。第恨吾弱于文，又弗能作绘事，不尔当草一记，名之曰弄月记，更调铅杀粉，绘一弄月图矣。

二十六日　晚餐既罢，方挑灯治手织物，姑丈至，为吾言一故事，吾女子闻之，可以兴起。姑丈曰："吾乡有一至高至坚之石室（乡名霞席，在广东凤城左近），登楼一望，全村历历在目。室四围皆桑麻，新碧中间以黄白，弥望都是。少远则为沙亭海，帆船无数，往来如织，帆影点点，远望似海鸥。村中富豪，以石室坚，各以贵重之物贮藏其中，盖此村多盗贼也。守石室者为一女子，石室富于藏，盗贼觇伺已久，连劫三次，不得入。及第四次，又以百余人至，女闻声立醒，贼尚未入，急登天台，堆石子碎瓦于四周，使高，贼攻之急，则尽推之下，以击贼，此瓦石盖平日备以御贼者。是晚，贼力攻之不少退，瓦石尽，死贼数十，攻益力，女虞不能支，心急甚，即力毁天台之围墙，墙陨，砖石雨下死贼无算。天将曙，贼遂退，生还者仅二十余人，临行大骂，谓将生得女而甘心，始泄今夕之愤，然是晚终不得石室也。明日村人俱来谢女，女不居功，至夜回忆贼临行言，颇中馁，因自经死，以身犹未字，惧受辱也。又明日，村人始觉，已不救，厚葬之，并立木主于石室之第一层，以为纪念。厥后每值盗贼攻石室，守者但呼守室女，胆力立为之壮云。"吾闻其事，亟敬石室女子御贼之勇，顾又怜其寂寂以死也。

附复书：

珠珠女士惠鉴：损书谨悉，甚佩甚佩。拙著伦理小说，辱承加以刮目，赐以奖借，荣幸何如？唯舍《铁血女儿》《孝子碧血记》《绿衣女》外（诸篇均为杜撰，初非译作），尚有《卖花女郎》（见《妇女时报》第六期）、《阿母》（见《游戏杂志》第五期）、《孤星怨》（见《小说月报》第二年临时增刊）、《死声》（见《时报》短篇小说第二集）、《孝女歼仇记》（见《礼拜六》第三十五期）诸作，亦可参观。方今风颓俗敝，人欲横流，为人子女者，几不知孝之一字，作何解释。往往自适其适，弃其所亲于弗顾，吾知他日必有人杀其父母于市上，而人且拍手哗赞之者，更指点其人啧啧相告语曰："此孝子也！此孝子也！"非吾过甚其词，将来或且有此一日，亦殊难必。女士方在髫年，已知孝亲之道，求之斯世，殊属难得。鹃也无状，能不心折？拜读尊著日记，措辞造诣，具见慧心，教孝教仁，用意良苦。属衍为小说，本拟遵命，唯是小说之作，情节与文字并重，尊著情节过少，滋难措手。用持删去数则，略加润色，与大札并刊《礼拜六》上，默揣尊意，或不谓然。然鹃以为女士之作，均无背于礼法，而有稗于世道。令师虽严，当亦不致以呵责相加。擅专之罪，尚祈恕之。兹于吾书结束之际，尚有忠告进之女士。昔苏格兰有女郎上书于英国大小说家乔治密列狄司氏（George Meredith）（生一八二八年，卒一九〇九年），求其墨迹，措辞隽妙无伦，氏读之，颇为所动，立草一书为答，称许备至。末则谓女子凤慧，实属非福，端居多暇，尚宜多事运动，以强体魄，留为他日用云云。以鹃之不学无术，宁敢自比于密氏，顾不得不以密氏忠告苏格兰女郎之语，忠告女士俾善自保养，以成完才。他日者出其所学，光大女界，蜚声于吾大中华民国全土，即弩拙如鹃，尝与女士订一时文字之交者，亦有光矣。前途如锦，正复无量，幸为国自爱，余不白。瘦鹃谨上。

（原载《礼拜六》第 73 期，1925 年 10 月 23 日出版）

女冠子

　　春雨廉纤，一连已好几天。满天的湿云，阁住了春晴，使人闷损极了。那天也正是春雨廉纤的一天，有一家亲戚，在妙莲华庵中做佛事。上海的风俗，做佛事也像请人吃喜酒一样，邀请一般亲戚前去热闹。只须送些锡箔、香烛、草篓等类，便可去吃一天，玩一天。骨牌噼啪之声和钟鱼叮当声相应和，也正是佛门中的奇观啊。这一天我恰没有事，并且因亲戚的关系，不能不去叩一个头，因便随着母亲，同到妙莲华庵中。

妙莲华庵是个尼庵，地点很幽静。门前一条小河，宛宛的流着，也有几枝杨柳梧桐，做那院子里的点缀物。此时春寒料峭，只有空枝筛雨，料想到了初夏初秋的当儿，定有柳丝梳风，梧叶蔽日咧。我们既礼过了佛，母亲坐在经堂中，和几位老太太坐在一起念阿弥陀佛，把锡箔折成一只只的锭儿。我空着身体没有事做，将大殿上的几尊佛像都看熟了，便闲闲地踱出去。好在庵中占地还不小，倒容我在前院后院中，往来踱着。

我踱过了后院，见后院的背面，还有一弓之地，种着些青菜，着了雨，绿油油的甚是可爱。在这菜田的一面，有一间矮屋，门口挂着许多面筋干菜，分明是厨房了。我沿着菜田踱过去，若有意若无意的向厨房中探头一望，望见里面黑魆魆的，仿佛有一座灶头。灶上放着一个油盏，鬼火荧荧，晕做一丝丝的惨绿色，照见一个法衣破旧的老尼，正坐在一条矮凳上流泪。这老尼分明是专司烧饭煮菜的，那件七穿八洞的法衣上，差不多被油垢占了一半的地位。此时只为伊正在流着泪，那前襟上没有油垢的所在，都被眼泪沾湿了。我借着门外的天光，和灶上的火光，倒把那老婆子瞧得很清楚。估量伊的年纪，总已在六十以外，额上脸上，一道道都是皱纹，端为嵌着油垢和灰尘，便分外的分明了些。可怜伊一双老眼，日夜的烟薰火逼，又为的流泪太多，一半儿似已瞎了。

我瞧了这么一个独坐流泪的老尼，瑟瑟缩缩的伏在灶脚边，和外面那些法衣净洁满面春风的女尼们截然不同，早就料到伊身上定有一段伤心史了。也许伊在年轻的时候，失意情场，爱心灰死，因此逃入空门，借着蒲团贝叶自忏么。要是并非逃情，那么为了遇人不淑，婚姻上的不幸，也往往逼得一般好女子抛却尘缘，借空门作归宿之地。我瞧这可怜的老尼，二者中必居其一了。只要是二者中必居其一，便大可供我做小说的资料，我心中这么一想，立时放大了胆，走进厨房中去。

那老尼听得了我的皮鞋声音，很吃惊似的抬起头来，接着也就颤巍巍地从矮凳上站起来。我急忙满面堆了笑，走上去柔声说道："老师太，你为甚么一个人坐在这里流泪，可是有甚么不快意的事情么？"老尼定了定神，便开口说道："我这个半死的老婆子，只有捱骂受气的分儿，还有甚么快意的事情。流泪也是我天天的家常便饭，不算一回事的。先生怎么不在前面殿院里坐地，却到这腌臜的厨房中来，关心到老身呢？"说时，伊那双朦暗的眼睛，直注在我的脸上，现出一种怀疑的神色来。我忙答道："没有甚么，我只为闲着没事，满庵子的跶着。正跶过这厨房门口，恰见老师太流泪，因此动问一声。老师太可有多少年纪，出家怕已很久了么？"老尼道："先生，老身已是六十三岁的人了，出家却不过六个年头。唉，倘不是为了儿子不争气，那又何必出家，何必受这许多苦楚，不也像旁的老太太，那么安坐在家里享福么？就是我那老丈夫也尽可仗着薄产度日，为甚么要撑几根老骨头，再出去像牛马般做事情，给儿子偿还余欠呢？"我听到这里，暗暗欢喜，想这位老师太话匣子开了，以后定然大有可听咧。果然，那老尼不等我开口动问，先就接下去说道："唉，先生，我那不肖的儿子，怕还比先生的年纪要叨长些咧。我三十岁时才生下他来，因为是个头胎，捱了两日两夜难产的痛苦。谢天谢地，总算下来了。生了他后，从此不再生养。我们夫妇俩对于独生之子，当然是疼得甚么似的。他年幼时，身体单薄，不时的害病，一年三百六十天，几乎一百八十天是在病中过去的。我们好生着急，总是衣不解带的日夜看护他。那时家况不好，手头很拮据，也得当了钱或借了钱来给他延医服药。甚至把我们的衣食也节省下来，做他的医药费。好容易停辛伫苦，将这孩子抚养长大了。"说到这里，顿了一顿，咳了一阵子嗽。我搭讪着说道："原是啊，我们立地为人，哪一个不是父母费尽心血，千辛万苦抚育起来的。不过令郎自幼儿多病，自不免更使父母多费些心血，多捱辛苦了。"当下老尼又道："我们爱这孩子，比无论甚么都爱，真的是风吹怕肉痛，含在嘴里又怕溶化。吃啊着啊，都不肯待亏了他。因此上把他娇养惯了，到十岁上，才送他进学堂去念书。那时我丈夫经营布业，很为顺利，手头宽绰了不少。对于儿子的学业，分外注意，打算一步一步给他读上去，直读到大学堂，再出洋去。巨耐我们那孩子和书卷不很近情，读到十七岁，由高等小学里毕业出来，就不肯再读上去了。他说不识字的人，也可以发财，何必多读书。我们不能勉强他，只索依他的主张，他逛了一年，似乎逛腻了，便要求他父亲送到一家金子店中去学业。我们见他自愿学业，欢喜得甚么似的，以为他将来成家立业，光大门楣，更要胜过父亲十倍百倍咧。"我又凑趣道："可不是么，金子店本来是一种很有出息的营业，令郎投身其间，每年定能挣得很多的钱罢。"老尼太息道："任他挣得怎样多的钱，我们做父母的可不曾看见半个大，反把我们养老送死的本钱都断送了。唉，说来话正长，他先前原是学业，每月只有几个鞋袜钱剃头钱，到年底才有一笔花红。他在家里是吃惯用惯的，自然不够用，每月总向我要这么一二十块钱去，贴补他的用度。我还不敢给他父亲知道，只索把我自己名下的零用钱也给了他了。三年满师以后，他便升做了跑街，钱挣得多了，用得也厉害，每月仍要我贴补他。他本来住在店中的，如今住在家里了，每夜总是更深夜半的回来，说是为了店中事忙之故。我不忍先睡，总一个人伴了盏灯坐着，侧耳静听着叩门之声。听得他叩了第一下，便立时去开。因为我知道他性子很急，叩了三下，要是不开门，他就得发火了。我本来是个很胆小的人，夜半听得一些儿声音，总是疑神疑鬼，一颗心别别地乱跳。但我为了爱子之故，心中虽很害怕，也依然硬了头皮老等着。夏

女冠子

季大热的天气，倒还可乘乘风凉，只到了冬季，却很为难受。等到二三点钟，连两条腿也冻僵了。那孩子做了好几年的跑街，我也做了好几年的守夜。他父亲虽有话说，我总是竭力替他辩护。后来亲戚们悄悄地告诉我，说你们的孩子在外边花天酒地，你们在家中可知道么。我兀自不信，摇着头，回说没有这回事，把亲戚们都弹走了。但每夜见儿子回来，总是喝得醉醺醺的，并且他的衣袋里，又常常发见女人的绣花帕子，一阵阵浓烈的香水香，直薰得脑都发昏。我于是也不得不有三分相信了，口头还不敢教训他，生怕他着了恼，反而赌气不回来。心想他既爱女人，不如快快给他娶一房媳妇，我们也好早日抱孙子。和我丈夫一商量，也很以为然，叵耐那孩子偏又不答应，为了这婚姻的事，和我们闹了好几场，我们也只索罢了。"

　　我见那老尼好像开了自来水机括一般，滔滔不绝地讲来，虽很着意地听着，然而也已连打了几个呵欠，一边便懒洋洋地问道："以后怎样呢？"老尼长叹道："唉，上海地方，真是一个可怕的陷阱。少年人陷落在这阱中，不能自拔的，正不知有多少。我们那孩子，不幸也陷下去了。直到那八年前的一个春季，他生了毒病回来，躺在床上哼哼唧唧，我方始相信先前亲戚们对我说的话，原是千真万确的。那时我可又忙苦了，一面既须瞒过他父亲，一面便四下里给他弄丹方，服侍他。末了儿还是仗着外国医生打了针，方始全愈。我一把眼泪一把鼻涕的劝告他，以后不可再在外边胡闹了。他赌神罚咒，说从此好好的做生意，决不再去胡闹，于是重又到店中去了。谁知贪嘴的猫儿性不改，背地里又轧上了姘头，打得一片火热。一礼拜中，总有二三夜不回来，累得我终夜坐守，眼睁睁地守到天明。到此我的心可真痛极了。"老尼说到这里，早又泪下如雨，抽抽咽咽地哭了起来。我忙又问道："以后怎样呢？"老尼含悲说道："以后更闹出大事情来了，那年是七年前的一个冬季，忽然当天一个霹雳，直打到我们老夫妇的头上。说我们那孩子在金子店中亏空了十万银子逃跑了，我们得到这恶消息时，恰在风雪之夜，两下里急得没了主意，冒着大风大雪赶出去，很无谓的到处去寻那孩子。整跑了一夜，终于没有找到。我们俩却晕倒在雪中了。第二天早上，便有包打听和巡捕上门来，把我老丈夫带往巡捕房去。事后调查，才知道那孩子亏空了店中五万银子，另外又偷了银箱中五万现钞，带着他那姘头一同逃跑的。那时我丈夫气瘫了半个身体，一颗心也早已打得粉碎了。当下他承认给儿子料理这件事，把布店和屋产田产全数变卖，一共得了八万银子，交给金子店中。还短少两万银子，却没法可想。金店主人苦逼着，非得到全数不行。我丈夫没奈何，便和他软商量，说我年虽老了，还可以做事，可能许我顶替儿子的职司，慢慢儿地挣出这二万银子来，清偿余欠。店主人见石臼中榨不出油来，也就答应他这么办了。我丈夫经了这个变故，却把我恨得牙痒痒地，对我说道：'你生儿不肖，平日间又处处瞒着我，纵容他做坏事，才弄到这个地步。算了，从此以后，我撑着这一身老骨头，给好儿子还债去。还清了债就死，你也自管走你的路罢。'说罢，头也不回地走了。我没奈何，只得投身到这里庵中来。然而出家也是要钱的，我只为没有钱，因此老师太不喜欢我，也不给我念经礼佛，只派了我一个厨房里烧饭的职司。伊们又分外的难服侍，动不动骂我打我，六年来委实是吃尽苦楚了。料想我老丈夫此时，也一定没有好日子过，辛苦了这几年，多分还

女冠子

141

没有还清儿子的债么。但那孩子是带着五万银子出去的，多分能吃饱着暖，不像我为娘的这般捱苦罢。唉，只要他不捱苦，也就罢了。"说完抹着眼泪。

我听完了这番话，觉得没有话可说，也没有适当的话可以安慰伊。呆望着门外春雨廉纤，仿佛和慈母眼泪同流咧。

（原载《紫罗兰》第 1 卷第 8 号，1926 年 3 月 26 日出版）

献衷心

夜来月色很明，照着园中的晚香玉，其白如雪，花香分外地浓郁，荡漾在晚风之中。那多事的风姨忽地挟了这一阵阵的浓香，偷偷地溜进那老医学家杜鸣时博士的书室，将四下里的药香掩盖住了，直扑老博士的鼻观，顿使他老人家也回肠荡气起来，给他枯燥的人生观，得了一些子润泽，而他那久已沉定不动的心，便不由得微微波动了。

杜老博士抱着好几十年的学识和经验，曾行医多年，活人无算，得到社会上绝对的信仰，几乎真当他是华佗再生，扁鹊复活。晚年嫌行医麻烦，精力不继，便由他几位门弟子合办了一所医学专门学校，恭恭敬敬地请他老人家去担任校长之职。有许多医学生因久仰杜老博士的医学高深，都纷纷负笈来校，这医校便非常发达。十年以来人才辈出，所有悬壶市上鼎鼎有名的大医士，全是校中的毕业生，这哪得不归功于杜老博士啊！

这一天是博士的七十岁生日，可是他一辈子尽瘁于医学，从没有享过室家之乐，连个一男半女也没有他的分儿，所以他老人家对于这种做寿的俗套，也不愿举行。但他的门弟子们如何过意得去，定要称觞祝嘏。他老人家没奈何，便提出一个条件，说旁的虚文，一概免除，只许在酒楼中大家大嚼一顿。门弟子们本想举行大规模的祝典，大大地热闹一下，但见老师执拗，也只索依允他的条件了。博士经了这一场轰饮，已有醉意。出了酒楼，忙回到他校内的寓楼中。一时还睡不着，就照着他夜夜的老例，在书室里小坐，吸一斗板烟，望一会夜云。

　　无赖的晚风，挟着那晚香玉的浓香，来搅乱老博士寡妇般古井不波的心曲。他见今夜有花有月，花既分外地香，月又分外地明，而一天夜云，又分外地美丽。猛觉得世界万物都是有情之物，唯有自己孑然一身，倒变做了个木强无情的人，未免辜负了这有情的世界。当下里便引动了身世之感，益发觉得寂寞无聊了。他抬眼向四面瞧时，只见满目琳琅的都是中外的医书，案头所陈列着的无非是五颜六色大大小小的药水瓶；就中有一个大瓶，满盛淡黄色的药水，浸着一颗碎裂的心。这心是谁的？他隐隐记得是四五十年前一个邻家女儿的心啊！他不知怎的，今夜瞧在眼中，心头忽然刺促不安起来。急忙靠坐在一张安乐椅中，抬头向天，紧紧地闭上了眼睛，将他自己那颗不安定的心，暂时寄在云表，一壁他归咎于今夜多喝了酒了。

　　蓦然之间，猛觉得肩头轻轻的一拍，很轻很轻，简直像一朵落花或一片落叶掉在肩上的一般。他刷地一惊，疾忙张开眼睛来，却见一个二十多岁的女子，不知在甚么时候溜入室中，玉树亭亭地立在那里。黑黑的发儿，

献衷心

145

弯弯的眉儿，亮亮的眼儿，嫩嫩的颊儿，小小的嘴儿。就这一张脸，已当得上一个美字了，又加上了那不长不短不肥不瘦的身材，真是个美人的胎子。她所穿的衣服，虽还是四五十年前的旧式装束，却也不减其美。杜老博士眼睁睁地呆瞧着，不知她是甚么人，黄夜到这儿来，又不知为的甚么事？愣了好一会，才柔声问道："姑娘是谁，此来有何见教？"

那女子嫣然一笑，莺声呖呖地开言道："博士，你难道不认识我了么？我即是四十多年前住在绵恨街中和你家贴邻的秦银鸾啊！当时我曾献与你一颗碎裂的心，承你的情，倒还安放在这儿咧。"杜老博士听到这里大吃一惊，身体虽仍坐在椅中，上半身却尽着向后退缩，只可恨被椅背挡住了，无可再退，无可再缩。一壁便颤声问道："秦银鸾，秦银鸾，你不是早就死了么？"那女子忙道："死了又打甚么紧？你不见我虽隔了四五十年，仍还年青，仍还貌美，一些儿没有变动。这不是比你们活在世上强得多么？但瞧你——你当初是出落得何等的漂亮，穿着西装，又何等的挺拔，而如今却已发白如雪，背曲如弓，早变做一个老头儿了。"

女冠子

杜老博士靠在椅中，兀自微微打战，做声不得。那女子忙道："博士，你不要怕。我此来毫无恶意，只为四十多年阴阳相隔，记挂得很，特地来望望你，和你谈谈。可是我并非淫荡妇阎婆惜，你也不是负心汉张三郎，我用不着来串一出《活捉》啊！"杜老博士这时虽放下了一半儿的心，但是当面和鬼物说话，总觉得不自在。当下便有气没力地说道："谢谢你，谢谢你的一片好意。"那女子故意学着葡萄仙子中的腔调，鞠躬笑答道："不要客……气，不要客……气。"一面将那两道灵活的秋波向四下里乱转，忽又变换了口气道："博士，光阴过得真快，一转眼已过了四五十年。你仍还在那里行医卖药么？"博士摇头道："不，我久不行医，在这里办个医校，教人学医。"那女子道："但愿你教出来的学生，多给女孩子们医医心病，不要硬着心肠不瞅不睬，瞧她们心碎而死。不幸的我，便是供你牺牲的。且慢，我还得问你，你四五十年来可是依旧抱着独身主义，并没有娶妻生子么？照例早该儿孙满堂，做个老封翁了。"杜博士道："我的心一辈子用在医学上，竟没有想到娶妻生子这些尘俗的事。

到如今年华老去，也未免有些儿寂寞咧。"女子冷然道："你也有觉得寂寞的一天么？既有今日，当初为甚么瞧不起人，硬生生地捣碎了人家的心，置之死地啊？"说到这里，泼风似的赶到窗前，将案头那个浸着心的浅黄色药水瓶捧将起来，含悲带怨地说道："你瞧，你瞧，这上边有无数裂纹，像一个无价之宝的古瓷瓶，被人砸碎了。这每一条裂纹中，正不知包含着我多少哀怨的血泪呢！"说时两手颤动，那瓶子几乎要掉落下来。杜博士急忙捧住了，很郑重地还放在案上，口中喃喃地说道："可怜，可怜，谁也料得到你会情深一往，竟致心碎而死的？"女子勃然道："为甚么不，你以为一个唱戏的女戏子，就不知道爱情，就不会情深一往么？想当年我们同住在绵恨街中，两家贴邻，只隔得一堵墙壁。你家有钱，而我家清贫。端为我父亲早年故世，没有儿子，单生了个我。母亲见人家女孩子上戏园子唱戏都很能挣钱，不由得眼红起来，因也请了教师，教我唱戏。谁知一唱了戏，就好似做了贼强盗似的，身分立时降落下去。但我还是个天真烂漫的女孩子，哪里知道身分不身分？得了闲总得上你家的门，和你一块儿玩。我的小心坎中，早就满满地嵌着你了。到得你读完了小学中学，上大学堂去学医，我们俩都已成丁，于是我觉得你和你的父母，都渐渐地和我生分起来。我也就不敢常到你家来走动，唯有我那学戏时高唱的声音，可关闭不住，不免天天要来惊扰你们。而我私下以为我的声音倘能常给你听得，也觉得万分欢喜的。你每天早上出去，我总得半开着窗偷看你；傍晚时立在门前，等候你回来。远远地听得了你的脚步声，我的心便突突地不住地跳了。这样过了一天又一天，而我爱慕你的心也一天深似一天，一天热似一天。但我哪里知道你正抱着大志，一心要做你的大医学家，并不留意到一个学着唱戏的穷女孩子。从此见面的日子很少，彼此的情谊也淡了。本来东邻西舍小孩子时代的情谊，只热在一时，终于是不可靠的。到得你大学医科毕业，上北京某大医院去实习时，我眼瞧着你越去越远，连那推窗偷看倚门守候也没有我的份儿了。于是心坎深处顿像堵塞着甚么东西似的，推不开去。过了几时，这东西似乎活了，日夜磨砺着牙齿在那里吃我的心。正好似春蚕吃那桑叶一般。唉，你——你又哪里知道啊？"

杜博士听了这番话，好生感动，眼眶子里湿润润地有了眼泪，急忙将手掩住了。那女子又道："那时我戏已学成，为了维持我们母女俩的生活起见，不得不老着脸登台唱戏了。可是我既怀着这一腔子不可告人的心事，又哪能唱得好甚么戏？每在哀怨无奈之中，发着幽咽凄哽之声，不知如何却把《六月雪》《玉堂春》一种悲情的戏唱红了。自有许多好事文人没命地捧场，又给我上了甚么'哀艳亲王'的封号。日夜在后台侍候我的人，不知有多少。然而我的心中何尝有他们一丝一毫的印象？我只知有你，再也没有第二人能闯入我的心坎了。"杜博士啜嚅道："你这样地多情，真使我感激不尽，但你当初为甚么不向我表示呢？"女子道："那时你远在京中，何从表示？况且我是个唱戏的女孩子，也决不敢作非分之想。只索拼着一辈子单相思了。果然不上一年，我竟害起心病来，身子一天天瘦下去，变做了个痨病模样。戏院子里，十天倒有八天请假。我母亲虽给我延医服药，也没有多大效验。事有凑巧，这年年底，你回来过年，母亲为便利起见，就天天请你来诊治。多谢上天，我居然天天能见你的面了。你每次来时，坐在我的床边，总得握着我的手看脉。眉宇之间微有忧色，我便快乐得甚么似的，以为我病了能使你忧，这就足见你很爱我啊！因此我不但不恨我的病，反感激病魔能使我天天享受那片刻儿甜蜜的光阴。"博士喟然道："可怜的女孩子，可怜的女孩子，我何尝知道呢？"

那女子白白的脸，忽地现出一片玫瑰嫣红之色，分明是很激动的样子，接着又道："博士，你还记得么？那时你每在早上来给我诊治时，总见我模样儿很好，大有起色。你道为甚么？这并不是你的药石之功，只为好天良夜，我往往入梦，梦中的你，比在梦外亲热十倍。话是情话，笑是情笑，你且还和我接吻，竟像情人一样。梦中的情景，虽是空虚的，然而醒回来时还觉得津津有味。这就好似服了一剂灵药了。"博士捧着头憔恼似的说道："你生着嘴，为甚么不说？我是个书呆子，可瞧不到你正用情在我身上啊！"女子道："女孩儿家羞人答答的，好意思亲口将心事说出来么？那时我天天见你，夜夜梦你，倒很心安意得，病也渐渐地好了。年初一那天，我居然上戏园子去，日夜登台，唱了两出戏，博得不少的采声。年初三那夜，记得你也来看我的戏。我站在台上，和你遥遥相对，心花朵朵儿开了。可是我因为你在座，就分外地卖力，你瞧我这一部《玉堂春》唱工极多，我竟始终不曾放松一些，完全不像是个久病初愈的人。要知我这一夜的戏，聚精会神，都是为你做的啊！这样一连唱到元宵，不曾告过假。园主挣到了不少的钱，好生欢喜。而我的名字，也越唱越红了。有许多痴心妄想的臭男子都千方百计地来亲近我，想得些好处。然而我这颗心中，仍满满地装着你，转移不动！唉，这半个月的好时光，一会儿已过去了。你又上北京去了。我的病又上了身了。这病不来便罢，一来便不肯再去，每过一天，病势也加重一天。两个月后，已甚是沉重，无论甚么名医，都医不好我的病。有一天在热极的当儿，大说谵语，把心事都说了出来，给母亲听得明明白白。第二天清醒之后，母亲就竭力安慰我，说好孩子，你的心事妈都知道了，停一天请媒去说亲。杜公子他们都疼你，那一定办得到的。当下我虽觉害羞，心却放宽了。过了一天，母亲果然挽了西邻的沈嬷嬷，到你们那里去说亲。

回头沈嬷嬷来告知母亲，说杜老爷、杜太太都不敢作主，须写信到北京去问杜公子。且等半个月后再给回话。我听了，心头也安慰了不少，以为二老既并不一口回绝，那就有些希望了。于是一天天很乐观地盼望着。不道半月以后，回话来了，说杜公子已有信来，不赞成这段婚事。因为唱戏的女孩子太下贱了，不配做夫人。这话是沈嬷嬷私下来告知母亲的，母亲虽想瞒过了我，将好消息来骗我，安慰我，但早已给我听得一清二楚。这一个当头霹雳，直好似把我从天堂中打入地狱。我的心苦痛万分，便渐渐地碎了。"博士哑道："呀！我全不知道有这回事啊！当初我父亲母亲并没有写信来问我，甚么唱戏的女孩子不配做夫人的话，全是他们编出来的。唉！这真苦了你了。"说完抱着头流下泪来。

那女子在旁瞧着面现喜色，伸过手来抚摩着博士的头发道："过去的已过去了，你不必悲伤，更使我觉得难堪。这事的真相，我死后也就知道。所以并不怪你，只未免抱怨你平日间太不注意于我，而又抱怨我母亲不该给我学唱戏，吃了这碗戏子饭，身分太低，难怪要给你父母亲瞧不起了。唉！这一段因缘，虽没有成功，但我四十多年来身在幽冥，一片爱你之心始终不变。真个和天地一般久长咧！"博士道："你怎么将你的心送给我的？"女子道："我自被你家拒绝之后，心已死了，身体也已死了一半。捱不上一个月，不医不药也就一病不起。病重时定要母亲送到医院中去，切嘱医生等我死后，剜出我的心来，送交北京杜鸣时博士。这医生倒也是个多情的人，对天立誓，一定照办。于是我死了。你瞧见了这颗心，瞧见了这心上的裂纹，总也明白我秦银鸾是为你而死的罢？"博士泪流满面，摇头太息道："唉，阿鸾，阿鸾，我负了你。我负了你。"女子道："这也不能说是你负我，只恨我们俩彼此无缘罢了。今天是你的七十岁生日，你半醉归来，似乎感觉得人生寂寞之苦，所以我特来看望于你，向你一诉衷曲。你瞧我虽过了四五十年，却还年轻貌美，像十七妙年华时一样。不胜似生在人世间，变做一个鸡皮鹤发的老婆子么？从此以后，你每感寂寞，我立时前来伴你。你只须对着我的心低唤三声'阿鸾'就得了。我去了，再会，再会。"博士悲声道："怎么说，你去了么，你去了么？可能带着我一同去？"这当儿那亭亭倩影已霍地隐去了。杜老博士

　　　　　女冠子

陡地醒了回来，摩挲着两眼瞧时，却不见甚么，只见月色在窗，花影入户，伴着他孤单的身子，追味着那凄艳的梦境。

（原载《紫罗兰》第 2 卷第 18 期，1927 年 9 月 25 日出版）

辛先生的心

　　紫罗兰的幽香，被晓风挟着，很轻柔而委婉的送到辛先生鼻子里，便知道那媚人的春光又来咧。窗外一株含蕊未放的玉兰树上，鸟声细碎，如吟如笑，阳光照入窗中，着在身上，已觉得热烘烘地，分明是艳阳天气了。这一天是星期日，他不必上女校去上课，一看案头的日历，见是三月十八日，猛记起今天还是他的生日——是六十岁的生日。可怜啊，他既在早年上丧了父母，又从没有娶过妻，成过家。所有一二近亲，也早已不大来往了，因此上他的生日，只有他自己记得，可没有人来捧筋上寿凑热闹啊。

东壁上挂着的一面小小圆镜，照见他那额上的皱纹，和一头斑白的头发。嘴脸上虽没有留须，也已老态毕露。他立在镜前，向自己端相了一会，不由得悄然太息道："唉，六十岁了，去死已一天近似一天，得逍遥处且逍遥，可不能再活六十年呢。今天定须好好地乐他一天，莫等闲过去，也算是给我自己祝寿罢。"于是笑了一笑，打开当日的报纸，翻看各舞台的戏目。见一家舞台中一个著名的坤角儿，正排演一出《麻姑献寿》，更看到影戏的广告，见一家影戏院中，正在映一部老明星路易史东主演的《情场遗恨》，似乎真有一看的价值，因又欣然自语道："好好好，先来一出《麻姑献寿》，再来一部《情场遗恨》，这一天也够我消磨了。"当下他揣了一个钱袋在怀中，反锁了房门，踱出寄宿舍去。

铤鼓镗镗声中，看罢了《麻姑献寿》，总算已给自己祝过寿了。来不及再看压轴戏，忙着坐了人力车赶往影戏院去看《情场遗恨》，六十老翁忽然平添了无限兴致，这是辛先生十多年来很难得的事。可是那银幕上的《情场遗恨》却使他看得回肠荡气，起了一种说不出的感触。并不是为的这影片中的本事，和他的身世有甚么吻合之处。只为瞧着那皤然一老，孤零零地在脂香粉阵中度他独身的生活，没一个慰情的人，在这一点上便勾起了他同病相怜之感。自问平日在女校中上课的当儿，眼看那娇莺雏燕，济济一堂，确是包围在一派温馨柔和的空气中，心坎中充满了乐意。但一回到寄宿舍自己的卧房之中，就觉得举目无亲的，寂寞得难受。一到春季，窗外的园子里，生气勃勃，花啊，草啊，行云啊，飞鸟啊，都足以撩拨他的心坎，而发生出一种不可名的烦闷来，正与美人迟暮，有同样的感觉。

他看完了影戏，颤巍巍地站起身来，不知怎样，面颊上已淌着冷冷的泪痕。掏出帕子来抹去了，在人堆里随波逐流似的挤将出去，刚到得门口，猛听得背后有人唤道："咦，佩翁，你也在那里看影戏么？"辛先生听这声音很厮熟，回头一看，却见是老友秦先生，当下便立住了，欢然答道："咦，芳翁，你也在这里，好久不见了，一向可好？"两人一壁寒暄着，一壁便离了影戏院的门口。那些院中散出来的男女，三三两两，擦身而过，时时有浓郁的衣香，送入辛先生的鼻观。一阵香风中，蓦地送过一声娇脆的呼声来道："辛先生，辛先生。"同时有两张娇憨的粉脸，现在他的肘边，一个十六七岁，一个十八九岁，分明是一对娇姊妹，都是截发长袍，风姿秀丽，真的像粉妆玉琢的一般。辛先生对伊们看了一眼，微笑着点点头，姊妹俩就花枝招展似的走开去了。秦先生问道："这两位姑娘是谁？"辛先生道："还用问么？当然是吾们校中的学生。这一对姊妹，是很聪明，很活泼的，倘是我自己的女儿，那么两颗明珠，擎之掌上，够多么得意啊。"言下很有些儿感慨不尽之意。

这一条长长的街，两面都是大商店，窗饰光怪陆离，布置得都很美观。这两位老友，一边谈天，一边且看且走，也不觉得路长。走不多路，对面来了一个西装少年，挽着一个衣饰入时顾盼生姿的少妇，谈笑风生的一路过来。那少妇一见辛先生，很恭敬似的鞠了一躬，便姗姗地走过了。辛先生对秦先生说道："这也是我的学生，去年暑假已毕业，听说毕业后就出阁的，那少年多分是伊的丈夫，你看可不是一对璧人么？"秦先生道：

"你的女学生真多，几乎到处可以遇得到，总计起来，大概也不下于孔老夫子弟子三千之数罢。"辛先生道："我在女校中担任教科，足足做了四十年的教书匠。女学生当然很多，若是一年年统计起来，怕还不止三千之数咧。"秦先生道："怎么说，你已吃了四十年的教育饭么？我记得你是在二十岁上，就投身教育界的。那么今年定有六十岁了，几时生日，该请我吃寿酒。"辛先生欣然道："很好很好，今天恰恰是我的生日，我就立刻请你吃寿酒去。"秦先生忙道："不行，我该先给你祝寿，且一同上酒家楼去，浮一大白。"

灯红酒绿之场，辛先生本来是不惯去的。今天喜逢老友，恰又是自己六十生日，可算是难得的事，于是也高高兴兴的，同着秦先生，寻到了一家比较清静的广东酒楼中，浅斟低酌起来。秦先生的年纪，少辛先生十岁，为人很有风趣。一张嘴最是会说会话，直能将死的说成活的。他又是新闻记者出身，如今虽已退闲了，却还喜欢打听人家琐琐屑屑的事情，作为谈助。平日很喜研究男女问题，以为全世界一切军国大事，都不及这一个问题的重要。今晚他逢到了这位日常与女子接近的辛先生，

160 女冠子

真是一个大好机会，又可研究他的男女问题了。

秦先生衔着酒杯，微微地咳着酒，做出一张似正经非正经的面孔，悄悄地向辛先生说道："你一辈子做这女学校教师，简直是天天住在温馨柔和的空气中，那风味定很不恶罢。"辛先生苦笑道："如入芝兰之室，久而不闻其香，也不过是那么一回事罢了。唉，就是我四十年老坐着这条冷板凳，一些儿不到社会上去活动，放弃掉许多飞黄腾达的机会，又岂是得已的事。唉，老友，我自有我的隐衷在着，谁也不会知道的。"

秦先生一听得"隐衷"二字，分外的动耳，脸上不知不觉的做出一种很有兴味的神情来，赤紧的问道："嗄，你有隐衷在着，可又是甚么隐衷啊？"辛先生微喟道："过去很久了，何必重提旧事，徒多无谓的惆怅。"秦先生忙道："老友，你心中有事。一个人自己知道，要闷出病来的，又何妨对知己的老友诉说一二，我也可安慰安慰你。况且你已是六十岁的人，说出来也没有甚么妨碍。你倘要秘密的，那我给你严守秘密就是了。"

辛先生沉吟了一会，将面前满满的一杯白兰地酒，一饮而尽，开口说道："也罢，今天是我的六十岁生日，说出来也算给自己留一个纪念。四十年来，这事深藏在心坎深处，正如作茧痴蚕，丝丝自缚，也委实使我苦痛极了。"秦先生凑趣道："着啊，越是隐秘着不说，心中越是苦闷，到得一诉说之后，自然会觉得宽心的。"这当儿辛先生酒酣耳热，旧恨攒心，便说出以下的一番话来。

"我在二十一岁上自大学毕业以后，就进英华女塾去担任英文教席，每礼拜虽有二十四点钟的功课，可真如你所说的，常在那温馨柔和的空气中，并不觉得怎样辛苦。我所教的是正科四年级，是校中最高的一班，学生共有三十多人，全是优秀分子。而内中有一个唤做林湘文的，更是冰雪聪明，常作全班的冠军。年纪不过十八九岁，生得面目如画，非常的可爱。我所最最忘不了的，便是那一双清如秋水明若春星的眼睛，对人瞧时，似乎能直瞧到人的灵魂中去。唉，我至今还记得伊笑吟吟地立在讲台下执卷问字时的情景。那一双明眸，水汪汪地注在我面上，那时我那一颗二十一岁的心，也止不住怦怦地跳动咧。

"我在女校中和学生们感情都好，而对于湘文，更是另眼相看。不知怎的，总觉伊在同学中矫矫不群，真的是鸡群之鹤。可是伊不但貌美，功课也居第一，英语说得很流利，发音又正确。一部纳士菲尔氏文法，烂熟胸中，做一篇英文论说，头头是道，竟不像是中国女郎的手笔。听国文教员说，伊对于中国文学也极有根底，做起文章来，洋洋洒洒，竟是梁任公一派。像这样才貌双全的女郎，真是难得之至了。

"我对于伊自有一种特殊的感情，但不敢流露在外，生怕引起别人的非议。心中未尝不在暗暗地想，我一辈子不娶妻则已，倘要娶妻时，总得物色一个像湘文般的女子才是。说也奇怪，平日间湘文对我，似乎也很亲近。捉空儿问长问短，和我研究文法，辛先生辛先生的满口子叫着。伊在我班中读了一年，就毕业了，这一年中，使我精神上得到不少的安慰。我恨不得挽住伊留级一年，然而伊各科的成绩都好，终于以第一人毕业而去。举行毕业礼时，我当然在场，亲见伊领了毕业文凭，走出礼堂去时，抬眼对我瞧了一下，眸子里竟有着泪痕，这也是一辈子使我忘不了的。自伊去后，我不知怎的，常觉得忽忽若有所失。下学期起，第三年级的学生，已升上来了。内中也有不少优秀的女子，然而无论如何，在我心目中，总觉不如湘文。往往对着湘文先前所坐的桌椅呆瞧，幻想中就把现在坐着的学生，当做是湘文，借着安慰我那寂寞无聊的心灵。唉，哪得湘文依旧回来，给我饱餐伊那张玫瑰脸上的秀色，更给我消受伊那双横波目中的美盼啊。

"我渴欲知道湘文毕业后的消息，虽知伊的住址，因为碍着自己居于师长的地位，不敢冒昧写信去。加着生性拘谨，也不敢有所表示，后来探听得校中一位庶务先生，却是湘文家的亲戚，因此常常和他去接近，在无意间得到一二消息。而最最痛心的，便是湘文毕业后不到半年，就出阁了。伊是自幼儿订婚的，平日从没有见过未婚夫一面，嫁过去后，不道伊丈夫竟是一个呆头呆脑的呆子，自知彩凤随鸦，大错已铸。父亲又是一个头脑极旧的人，绝对的无法可想，伊郁郁不乐，便常在药炉茶灶讨生活了。我自得了这不幸的消息后，真有说不出的苦痛，要设法去搭救伊。可是想来想去，总想不出一个办法来。日常只得在同事中间痛论中国婚姻制度的不良，痛骂中国一切顽固专制的父母。人家不知我命意所在，也无非在旁凑趣罢了。这样茹苦含痛的捱过了一年，仍是没有办法。而噩耗传来，却说湘文已郁郁而死。第二天上，一封信天外飞来，一看封面，大吃一惊，竟是湘文的手笔。心跳手颤的疾忙拆开来看时，只见信笺上潦潦草草地写着几十个字道：'遇人不淑，生不如死，湘今死矣。先生之心，湘固知之，湘之心，先生亦知之否？呜呼……'以下戛然而止，似乎正在病危之际，写不下去了。伊死后，这封信不知如何会寄给我的，至今还是一个疑问咧。

　　"我得了这封信，心已碎了。请了一个月的病假，整日整夜地躺在床上，不知如何是好。手中执着那信，将那几十个字不知读了几千遍几万遍，两眼无论着在窗上墙上帐顶上，总是虚拟着湘文的声音笑貌。同事们和朋友们来探望我时，忙把那信藏过，始终不敢给他们知道，生怕妨碍了湘文死后的清名，我是对不起伊的。厮守过了一个月，我简直要发疯了。无可如何，还是上课去，借着满堂的学生，在嘈杂中暂忘心头的痛苦。然而我的两眼，终于离不了湘文先前所坐的桌椅，惝恍中倒又似乎瞧见湘文依旧坐在那里，素靥如花，明眸如水，一一都在目前。反将我那寸碎的心，

——收拾拢来，缝补完成了。从此以后，我便乐于上课，好瞧着我那念念不忘的桌椅，好瞧见我那幻觉中念念不忘的湘文。

"一班班的学生毕业了，一年年的光阴过去了，我留恋着那湘文先前所坐的桌椅，而连带在幻想中瞧见湘文，所以不忍离去这女校，不知不觉地过了四十年。在最初的二十年中，常有人和我做媒，我却一一回绝，说世间女子，是造物之主辛苦造成的宝贝，不容我们万恶的男子去破坏伊们，坑陷伊们，自愿一辈子抱独身主义，不敢造此恶孽。于是一般做媒的人，都说我是怪物怪物，拂衣而去，从此不来打扰我了。唉，老友，今天是我六十岁的生日。自知去死不远，因此把这四十年从未宣泄的秘密诉说出来，使你知道天下还有我这样的一个痴人，给一般轻于言情说爱的青年做一个榜样。要知真正的情爱，全在两心相印，不在两体的接触。在乎牺牲，不在乎圆满。我如今已以一生的幸福，为湘文而牺牲了。在世一日，还是要厮守在女校中，留恋着湘文先前所坐的桌椅。因桌椅而连带在幻想中，瞧见湘文。湘文虽久已死了，但在我的心目中却永永活着，永永不死。"

　　辛先生说罢，脸上都淌满了眼泪，一滴滴掉在酒杯中，不知是泪是酒了。

　　（原载《紫罗兰》第 3 卷第 1 期，1928 年 4 月 5 日出版）

附　录

难问题

毛柏霜[①] 原著（法）

　　毛柏霜向他的女友说道："夫人，你可还记得，有一夜我们在那日本式小客室中，为了一个做父亲的犯了乱伦之罪，大大的争论一番。你可还记得，那时你听了我的话，很为气愤，破口怒骂，

---

　　① 今译为莫泊桑。

说我回护男子轻蔑女子么？你加罪于我，我却要提起反诉，不服你的裁判，如今且把这一件事叙述出来，告诉公众。或者有人能明白遇了命中注定的事，简直不是人力所能抵抗的，可要怪那万能的造物作弄人呢。"

那女子在十六岁时，嫁了一个老年的商人。这老人很苛刻，很贪婪，目的是要图一笔妆奁到手。那女子很好，是一个白皙的美人，生性快乐，多梦想，常常希望着享受理想中的幸福。嫁后却大失所望，几乎捣碎了她的芳心。当下她也达观了，心知前途黑暗，好梦成空，也没有法儿想。她那灵魂中只充满着一个志愿，就是要得一个小孩子，好把她没用处的爱情用在孩子身上。然而这志愿也不能达到，她总没有孩子。

两年过去，她有了情人了，是一个二十岁左右的青年，竟一往情深的爱着她，为了她分上，不论甚么傻事都会去做，但她却怯生生的，兀把自己的情感压住了好久，不敢流露出来，那青年名唤比爱尔马德。

但是一回冬夜，他们俩却在一起，是在那女的家里，此外没有第三人在着。这夜比爱尔特来探望情人，当下便在火炉旁一只低椅中坐了。他们两口儿都不多说话，但他们的嘴唇久已渴想接触，于是两唇竟彼此接触了，他们的臂儿都忔楞楞地抖颤着，展开了互相偎抱。

一盏纱罩的灯，放着那亲切的光，照在这一间寂静的房中。两人很觉不安，时时说一二句话，借此推排开去。但他们眼光相遇时，顿又把两颗心挑动了。唉！世上有甚么明白的理解，能抵抗那天性的冲动呢？有甚么制定的法例，能和自然界的欲望反对呢？他们的手指偶一相接，这样就够了。一时受着这情感的大力从中煽动，彼此便紧紧抱住。

过了些时，她忽觉身中起了异感，是她情人的呢，还是她丈夫的，她何从知道。推想起来，似是她情人的咧。于是心中非常害怕，自觉这回分娩，难逃一死，因此不住的逼着她情人发誓，自己死后，须得好好儿照顾她的孩子，定要死心塌地百依百顺，只要使小孩子将来快乐，任是犯罪也不妨事的。她日夜梦想，几达到了发疯的境界。将近分娩时，她心中更觉得意非常，产下了一个女儿。可怜她竟死了。

这一个大打击使她情人痛悼的甚么似的，心头掩盖不住，也不管那丈夫见了生疑。但那丈夫却还自信是孩子的父亲，给她受教育，一边和那比爱尔马德绝交了。

这样过了多年，比爱尔马德已忘了前事，也像普通的人一样，事过境迁了。这时他已成了富人，但他不再爱上甚么女子，只是单身不娶。他是个守静爱快乐的人，很能逍遥度日。他情人的丈夫和他私生女儿方面，也没有甚么消息传来。

一天早上，他忽然听得他情人的丈夫死了，霎时间却起了一种悔悟之心，想那孩子怎么样，可有甚么助她之处么？当下他前去探问，才知道那女孩子已同一个姑母住在一起，境况穷苦得很。他很想一见女儿，设法相助。当下里就托人介绍前去，那姑母和女孩子似乎都不知道他的姓名。他年已四十，却还像少年一样。他们见有上客到来，自然欢迎，但他兀自不敢道起那女孩子的母亲，生怕他们起疑。

他在那小客室中等着，很恳切的等他女儿。到得那女孩子进门来时，顿时诧异起来，诧异中还带着恐怖，原来一见之下，真好像见那死的回来了。

这时的女孩子，正和她当年的母亲一个模样，一样的年纪、一样的眼睛、一样的头发、一样的身材、一样的笑、一样的声音。这么一个活像旧爱的亭亭倩影，立在他面前，直要使他发疯，往年的一缕深情，又从他心坎深处发生出来。那女孩子却也很洒脱，很率直，两下握了握手，顿成莫逆了。

比爱尔回到了自己家里，觉得旧创又拨开了，便把双手扶着头，不住的痛哭。他追念前尘，哭着地下的情人，那旧时一句句亲切的话，也立时兜上心来，更使他陷入幽忧之中，不能自拔咧。

从此以后，他常在女儿家里走动。要是不见了那娇面，不听得了那妙音和衣裳缚缫之声，就觉得不能活命似的。但是瞧了他所爱的女儿，捱着穷乡中的苦况，也很觉难受，心想要助她，该怎么办？给她一笔钱罢，算是甚么名义？做她的保护人罢，自己模样儿还在青年，人人都得当是她的情人。把她嫁与甚么人罢。但这一念才起顿觉吃惊，到得镇静了再想时，便想起她穷苦无靠，也未必有人愿意娶她呢。

那姑母猜到他的心事，以为是爱着这女孩子罢了，此刻多分是等着，但不知道他等些甚么，又不知道他自己究想如何。

一天黄昏时候，他们俩并坐在沙发上，轻轻地讲着话，蓦然之间，他却握住了女儿的手，这也不过像父亲抚爱子女一样，不足为奇。但他握住之后，就舍不得放开。他女儿也尽他握着，并不缩回去。停了一会，忽的纤腰一摆，竟投在他怀中，原来这女孩子好似得了他母亲遗传的爱情一般，也同样的爱着他。

他很亲热地亲了亲女儿秀发，一会儿他女儿抬起头来，彼此的嘴唇又相接了。在这个当儿，两人都像发了疯。他到了街中，一径向前走去，不知道这事该怎样发付才好。

"夫人，我记得你当时听我说到这里，就怒呼道：'他应该自杀才是。'我回问你道：'但那女孩子怎样呢？可也叫她杀死么？'"

那女孩子委实爱他到极点了，那时就被这可怕的爱驱使着，因便忘了自己贞洁，投身在他的臂间。委实说，这一种行为，实在是表示他全身都已沉醉，无法强制。所以忘怀一切，放胆图到情人的一抱，这也像雌畜偎就

女冠子

雄畜一样。

　　试问比爱尔马德倘在这时自杀了，教那女孩子怎样？她可也难免一死，死得既不名誉，心中又怀着无限的痛苦。如此这事到底该怎样办呢？可是由比爱尔抛弃她，给她一份妆奁嫁与旁的人么？但她既专爱这么一个人，当然不肯受钱，也不肯嫁旁人，免不得心碎而死。所以这一下子，比爱尔也是破坏她的一生，打消她的幸福，使她永永捱苦，永永失望，就永在寂寞中过去，或竟出于一死。况且比爱尔原也爱着那女孩子，此刻虽是又爱又怕，但也热热的冷不下来。她即使是自己女儿，然而关于生产的法律上，有很野蛮的一条，他因偶然的情势生下了这女孩子，彼此没有正式的关系，加着他如今的爱，连那旧爱也并在一起，聚在他的心中，当下里便又记起他情人当时逼他发誓，说要竭力照顾他的孩子，只要使小孩子将来快乐，任是犯罪也不妨事的。于是他就提出求婚，到底娶了她。

　　"夫人，我不知道他以后快乐不快乐，但我倘遇了这难问题时，也只得如此做去。"

鹃按：毛氏对此难问题，以为当如此做去，不知读者以为如何？请各抒卓见，投函钝根兄，以资研究。

（原载《礼拜六》第158期，1922年4月22日出版）

诱 惑

华德女士^①　原著（荷兰）

荷兰虽小国，而作家辈出。如安芬氏（J.V.Effon）、毗咨氏（N.Beets）、罕德氏（B.Huet）等，均以小说名。此篇英译名为（*Temptation*），描写妇女心理，妙到毫颠。作者华德女士

---

① 今译为玛格丽特·奥图。

（J.V.Woude），亦后之秀也。

"华伦高君唤我致意于你。"伊的丈夫说着。伊递与他一杯茶时，他便从新闻纸上抬起眼来。

伊深思似的望着外面的花园，这当儿正被夕阳装点着黄金和艳紫之色。

"呀！是的，他正住在这里镇中，可不是么？"

"他住在这里好久了。不过远在镇的那一端，而他又是一个极忙的人。我常在集会中遇见他。还是今天第一次，我听说他也是从法利士莱来的，你们俩并且是旧相识。"

"是的，正是如此……他的父亲是一个村中的牧师，和我们邻近。他已娶了妻没有？"

"没有，还没有娶妻。他仍很年轻——又聪明得很，他们都说将来他得做大学教授咧。"

伊一壁想，一壁放声说道："他比我年长两岁，定是三十二岁。"

"很相像。吾爱再见！对不起，我又要出去了。"

"我又要出去了！"这是好多为妻的所不爱听的话，

然而伊如今倒已习久成惯了。伊不再献小殷勤，留住他在家中，也不再因他的冷淡而哭泣。伊不再自怨自艾，想恢复他的爱。因为伊早就知道他永远不会再爱伊的了……唉，任是精神上的苦痛，一个人也会惯受的。

伊从橱中取出孩子们的洁净的衣服来，放做了三小堆。而伊的眼中仍含着沉沉深思的神情，表示伊的思想，正飘荡在很远很远的所在。伊所瞧见的，便是伊那快乐的妙年时代。而目前很受人爱重和尊敬的那位劳白德华伦高先生，那时只叫作"劳白"，是一个瘦伶伶的乡下孩子，是一向很固执的爱伊的，真固执得可怕。伊往往笑着这痴情人，竟这般的热烈，这般的笨拙，这般的固执不化。伊的女友也都是像伊一般生长在镇中的少女，却没一个给他瞧得上。伊虽也欢喜他，却不肯承认他是伊的恋人。可是一个十五岁的女孩子而不肯倾心相向，那又有甚么理由可说呢？

他坚持不变，但伊却不许他的爱接触到伊。

于是他进大学去了，他的父亲也到别处去了。伊过着伊自己的生活，是一个跳舞宴集欢笑快乐的生活。到二十岁时，伊便嫁人了。伊做着恋爱的梦，也正像旁的出嫁的妇人一样。而一到吉日的前后，这梦就完了。伊醒回来时，擦着眼睛向四下里瞧，瞧那命运之神领导伊到了甚么地方，给伊的儿女们找到了怎样的一个父亲。

到如今伊已嫁了十年了。这长长的十年，伊将愁恨和苦痛掩藏在欢笑之后。在这十年中，伊兀自渴想着一颗真实而多情的心，很温柔的爱护伊。

伊的思想回到当年认识劳白的时期，回到伊亲爱的故乡，那里伊已好久没有回去了。伊有时很渴想的，便是那可爱的田陌和宽广而有树荫的村路。伊和女友们一同出去散步时，他惯常在伊的身边的。伊还能瞧见那阔阔的沟，有水莲浮在水面。那青青的草场，他曾经给伊赶开群牛的。那一带篱落，是他给伊采覆盆子的所在。那冰冻的运河上平滑的河面，他和伊同去溜冰，往往给伊遮着风，怕吹坏了伊。呀，好一个温柔敦厚的劳白！

他怎样的对伊呆瞧着……充满了沉郁和失望的爱，而伊往往笑着这回事——伊如今追想起来，未免后悔咧。这好多年中，伊时常想到，当初要是许身于伊，可能胜于目前。他或者也会给伊常作不快之想，说："请求我，端为我的金钱罢了。"……不不——他决不如此。

　　　　女冠子

但伊不能再想下去了。下人们已送进浴桶来，那三个善闹的小孩子绕着她跑跳。当下将他们捉住了，脱去了衣服，洗过了浴，然后给他们上床睡觉。因为伊是一个良好而忠实的母亲。

过去的事情已忘怀了。伊的笑和小孩子的笑混合在一起。伊的眼中霍霍地发亮，瞧他们很快乐的玩着。三双小臂，挽住了伊的脖子，伊便给他们无数的接吻所闷住了。这便是伊好多年来的幸福。

冬

阳光很明亮地照在那大镇中铺着雪的街道上，雪车辚辚的驶过，内中还有旁的车子的铃铎之声。有那种穿着皮号衣的车夫的油壁香车，也有那种进行奇慢的薄笨车子，沿着砌路一带，充满着何等的谈笑歌呼之声。更有多多少少的玫瑰脸儿和富丽堂皇的锦绣衣裳。

书商的窗中亮亮的陈列着装订精美的书本，那玩具店的橱中一闪一闪的全是金光银光和水晶的光。耶稣圣诞节已近了，各处都现着欢欣和期待的气象。

伊在伊丈夫的身旁走着——苗条而鲜艳。玫瑰花似的伊确是一个北方的女儿，有美秀的头发和美秀的脸色。好多男子的眼光很愉快的着在伊的身上，有好多帽子向伊一扬，不但是为伊的身份和地位的关系。

伊们是探望了朋友出来，正在一路回家去。

他问道："你可能一个人先自回去，我在这里近边还有事情要勾当咧。"

"不打紧。"

正在这当儿，在那憧憧往来的群众的头上，伊一眼望见一张清秀的脸，被一部黄须儿绕着，正向着伊这边过来。当下伊和他的眼睛接触了，急忙很冷淡地望向别处去。可是一个美貌而不很风骚的妇人，在出外散步时，是往往如此的。直到那人步步走近时，伊才觉得他正在掀起他的帽来，伊便又向他瞧了一下……

他的眼睛直达到伊的灵府深处，仍是那种沉郁的神情，这是伊记得很清楚的。这长身美貌走过伊身旁的人，正是劳白德华伦高。他不再是那种乡下粗鲁的模样了。伊的心便狂跳起来，想起了那含情的一盼，两颊上都堆满了红云。这一盼中就告知伊，在那过去与现在之间，虽已过了好多年，而此刻一见了伊把旧时的情焰重又烧着了。

伊丈夫说："这就是华伦高，可不是么？"

"是的。"

"他已受了委派，到安斯透丹去。今天早上，我在新闻纸中瞧到的。"

"当真么？"

"咦，再会了！"

他们匆匆的分别，一些儿也不动情。伊好像在梦中似的向前走去，那厮熟的脸面，兀自系在伊的心上。四下里车马奔腾，伊只付之不见不闻。伊不住地在那里想，伊觉得伊的心猛跳着，便很诧异的扣心自问："为甚么如此？"可是伊终于有意于他么？也许是他那清秀的模样儿迷惑了伊么？

然而伊何等的乐于和他相见。彼此谈讲旧日的情事，讲到伊的家乡和他们俩所认识的朋友。呀！遇见一个旧相识，真是伊难得的事。

伊走近家里时，蓦然间有一个很厮熟的声音，击动伊的耳鼓。

伊抬起眼来，红云重又升上了两颊，增加了伊的美丽。

"劳白，你一向好？"伊不能再用别的名儿称呼他。

他们的手很热烈地握住了。伊很记得那双强有力的手。

"我可能仍然唤你婀丽珈么？"

"那当然。"伊微觉窘困的回答着，不敢对他瞧。他微笑着，掩藏他的情感。一边说道："我们同在一个镇中，已有一年多了，却到今天才会面。"

"是的。这很奇怪，可不是么？但你和你的工作是在这镇的西部，我和我这忙碌的家庭却在东部……呀！劳白，重见一张法利士莱的脸，这是何等的妙啊！"伊陡的从心底里喊将出来。

他玩笑似的说道："而我也没有忘却怎样说法利士莱的话。"

伊也笑了，伊以为自己的模样儿很自然，很快乐，然而他却瞧到伊的手何等的震颤着，他又听得伊的声音微颤。而往常是很圆润，很清朗的他，倒像自己仍是一个孩子，正在切盼伊的倾心相爱。他的心中蓦地充满了

　　　　女冠子

一种奇怪的快感——他那坦白的心，好多年来只是怀着大志，没有恋爱了。而这时伊抬眼向着他瞧，又被他的眼光所感动，老是满现着那种沉郁的神情，宣示他灵府中的秘密。

"你可知道，刚才我已认不出你了。劳白，你已大大地改变。"

"我希望改变得好些，但我无论怎样的改变，我觉得仍然是我。"

伊望着脚下的雪，是的，他仍然和先前一样热烈、方正、粗野。但是这种品性，如今很能吸引伊了。

"我料你不大出来吧？"

"是的，很少出来，我委实不大想出来呢。"

"但是——你向来很喜欢溜冰的。你的丈夫不是溜冰俱乐部的部员么？"

"是的，大半是为了孩子们。"

"呀！这自然，你可是已有了孩子么？"他问着，多少有些儿失惊。

伊并不抬起头来，答道："两个男孩和一个女孩。"

默然了一会，铃声叮当，小贩们叫卖他们的货物。

邻近一所学校中放学了，孩子们跳跳纵纵地过去，十分活泼。

但这两口子悄悄地对立着，他们的眼睛注在地上。

末后伊说道："我听说你要离开这镇了。"

"这不一定，我还没有打定主意。"

"咦，"顿了一顿，伊又问："可是职务上得了升迁么？"

"不过是经济上的关系。当初我本想接受的，不过现在却委绝不下了——婀丽珈。"

没有答话。

"你可曾到过溜冰场去么？"

"去过的，我的丈夫却并不溜冰。"

"但你是喜欢溜冰的。"

"今年我也不过溜了一两次。"

"你今夜可能来么？"他问着，同时伸出他的手来，似乎要预备走的样子，"你可知道这是一个盛会，有电光，有中国灯笼和旁的美妙的东西。"

伊并不对他的脸上瞧，伊再也不能拒绝那双恳求的眼睛和那强有力的手表出心中情感的把握。伊很迟疑的

　　　　女冠子

答道："我不知道。"但伊两个燃烧般绯红的面颊，已告知他，他终于得到了那颗久久渴想的心了。

"你不——你可不知道么？"他问着，握着伊的手不放。他被那粉颊上的红云所鼓励，又完全被少年时美丽的旧爱所制服住了。此刻这爱的热度，比以前更为强烈。对那立在他跟前的妇人，很勇敢的低低说了一句话。在孩子时不足以动伊，而到了这成人的时代，却足以屈服伊了。他说："婀丽珈，我以为这是一个亲善的表示。"

他鞠了一躬，飘然地去了。

伊立在镜前，伊的模样儿何等的活泼！这是伊自己所瞧到的。倒像是开始给他过一个新的生命了。伊从先前直到如今，是过着怎样的生活……往往是做伊丈夫的忠仆，做一个保姆，做一个管家，此外没有了。伊并不是做一个爱妻，得以享受青春和现世的幸福。唉，一些儿没有。

伊深思似的瞧着镜中那个年少而美丽的身体。伊是何等的切盼着今夜，伊先还踌躇不决，但是在用膳时，伊的丈夫也唤伊同去——是的，于是伊被诱惑所屈服了。

呀！去享乐！去享乐！这期间又有甚么不是之处

呢？一块儿略略的谈谈心，溜溜冰，接着也许偎在伊丈夫的臂上，请劳白到家里来瞧他们。这期间又有甚么不是之处呢？唉，伊所要求的不过是在伊单调而寂寞的生活中得一些诗意，赐一些爱情给予伊的可怜的心，只需得到一些些的快乐。

伊戴上一顶有白色翼子的帽子，使伊分外的好看。到得伊披上了那件天鹅绒的长外衣后，重又很愉快的在镜中打量伊那亭亭削玉之身。

蓦地里门开了，走进伊的长子克立斯金来。他是伊的宝贝，伊的一切。

"母亲，你在这里么？"

"我的儿，我正在这里。"

伊瞧了他半响，那孩子一双清明可爱的眼睛，是何等的炯炯有光。他那漂亮的面庞，是何等的玉雪可念，竟活像是伊的副本。

"克立斯，可是在溜冰么？"

"是的，母亲。怪好玩的。"

"可是么？"伊问着，心神不属似的系上了伊的面纱。

"呀！他们又在不住的嘲弄那斐德立桑德士了，你可认识他吗？"

是啊，伊是认识他的。伊往往很可怜见地瞧着那美貌而鬈发的孩子，伊也认识他的母亲，是个轻浮而没有意识的妇人，竟抛下了丈夫和儿子，跟一个陌生人逃跑了。

"孩子们都嘲弄他。他们又提起他母亲的事，末后，他恼极了，飞扑到他们的身上去。他们还是笑着。"

"亲爱的，可是么？"伊很诧异地瞧着他，声音微微颤动。

"嗳，母亲，可是没有人能说你甚么话么？"他又傲然地说，"那些孩子们从没有说过你甚么事！"

伊陡的跪在他的身旁，伊的头搁在他的小肩上。

他是惯常受伊这种抚爱的，便将双臂挽住伊的脖子，他们往往是最要好的朋友。

末后伊脱身了。

"母亲，你不出去么？"

伊起身解开伊的外衣来道："不！我不出去了！"

伊脸色白白的，伊那丰满的嘴唇闭得很紧，深深地呼吸着。但这一场战争，伊终于得了胜利了。

伊怎能有一刻儿忘怀，始终要毫无惧怕的常对那双小眼睛中瞧着伊，也万万不能使那两片小嘴唇中有一句责备的话。

"我很快乐，你可记得昨天曾对我们谈讲那雪后的故事。但是太长了些，我们恰要睡了。今夜可能讲完么？弟弟和妹妹正在等你。你可知道，这是一天中最好的时光，听你谈讲那美丽的故事。"

那外衣已抛在椅中，此刻那帽子也急急地卸下了。伊把那小手紧握在伊的手中。

"如此跟着我来。"伊说时，伊那娇脸上满现着满意的神情，又道："如此，跟着我来。克立斯，我和你一同来吧。"

（原载《紫罗兰》第 3 卷第 14 号，1928 年 10 月 13 日出版）

关于《一生低首紫罗兰——周瘦鹃文集》

凡欧美四十七家著作，国别计十有四，其中意、西、瑞典、荷兰、塞尔维亚，在中国皆属创见，所选亦多佳作。又每一篇署著者名氏，并附小像略传。用心颇为恳挚，不仅志在娱悦俗人之耳目，足为近来译事之光。唯诸篇似因陆续登载杂志，故体例未能统一。命题造语，又系用本国成语，原本固未尝有此，未免不诚。书中所收，以英国小说为最多，唯短篇小说，在英文学中，原少佳制，古尔斯密及兰姆之文，系杂著性质，于小说为不类。欧陆著作，则大抵以不易入手，故尚未能为相当之绍介；又况以国分类，而诸国不以种族次第，亦为小失。然当此淫佚文字充塞坊肆时，得此一书，俾读者知所谓哀情惨情之外，尚有更纯洁之作，则固亦昏夜之微光，鸡群之鸣鹤矣。

以上文字，是当年在教育部任职的鲁迅，审读了出版社送审的周瘦鹃《欧美名家短篇小说丛刊》后，和周作人一起写的审读报告。这篇审读报告，最初发表于1917年11月30日《教育公报》第四年第十五期上。从这篇审读报告里，可以看出周氏兄弟对周瘦鹃的这部翻译小说的看重。

周瘦鹃的《欧美名家短篇小说丛刊》于民国六年作为"怀兰集丛书"之一种在上海中华书局出版，分上、中、下三卷，天笑生、天虚我生和钝根分别作了序言。天笑生在序言中肯定了周瘦鹃的文字"自有价值"。天虚我生更是对这部巨制不吝赞美之词。钝根在序中说到周瘦鹃爱读小说时，介绍他这位朋友境况是："室有厨，厨中皆小说。有案，案头皆小说。有床，床上皆小说。且以堆垛过高，床上之小说，尝于夜半崩坠，伤瘦鹃足，瘦鹃于是著名为小说迷。"可见周瘦鹃热爱小说的程度，也就不难理解他耗费一年多的时间，来翻译这部《丛刊》了。该书上卷曰"英吉利之部"，共收英国短篇小说十余篇。中卷分为"法兰西之部""美利坚之部"。下卷分"俄罗斯之部""德意志之部"等欧洲多国的短篇小说。而且几乎在每篇小说前，都有原作者小传。通过小传，大体能了解作者的生平和这部小说的写作背景，让读者能更好地理解小说。该书一经出版，影响很大，一时有"空谷足音"之誉，也给周瘦鹃带来很大的知名度。

关于周瘦鹃其他的原创文学，我们在《周瘦鹃自编精品集》（广陵书社 2019 年 1 月出版）的编后记里，曾经有过简略的介绍：

周瘦鹃的写作，一出手就确定了他的创作方

向，即适合市民大众阶层阅读的通俗文学。他发表的第一篇作品《落花怨》（1911年6月11日出版的《妇女时报》创刊号），就带有浓郁的市井小说的味儿，而同年在著名的《小说月报》上连载的八幕话剧《爱之花》，同样走的是通俗文学的路子，迎合了早期上海市民大众的阅读"口感"，同时也形成了他一生的创作风格。继《爱之花》之后，他的创作成了"井喷"之势，创作、翻译同时并举，许多大小报刊上都有他的作品发表，一时成为上海市民文化阶层的"闻人"，受到几代读者的欢迎。纵观他的小说创作，著名学者范伯群先生给其大致分为"社会讽喻""爱国图强""言情婚姻"和"家庭伦理"四大类。"社会讽喻"类的代表作有《最后之铜元》《血》《十年守寡》《挑夫之肩》《对邻的小楼》《照相馆前的疯人》《烛影摇红》等，"爱国图强"类的代表作有《落花怨》《行再相见》《为国牺牲》《亡国奴家里的燕子》等，"言情婚姻"类的代表作有《真假爱情》《恨不相逢未嫁时》《此恨绵绵无绝期》《千钧一发》《良心》《留声

机片》《喜相逢》《两度火车中》《旧恨》《柳色黄》
《辛先生的心》等，"家庭伦理"类的代表作有《噫
之尾声》《珠珠日记》《试探》《九华帐里》《先父
的遗像》《大水中》等。他的这些成就的取得，不
仅在大众读者的心目中影响深远，也受到了鲁迅等
人的肯定。1936 年 10 月，鲁迅等人号召成立文艺
界抗日民族统一战线，周瘦鹃作为通俗文学的代
表，也被鲁迅列名参加。周瘦鹃在《一瓣心香拜鲁
迅》中还深情地说："抗日战争初起时，鲁迅先生
等发起文化工作者联合战线，共御外侮，曾派人来
要我签名参加，听说人选极严，而居然垂青于我。
鲁迅先生对我的看法的确很好，怎的不使我深深地
感激呢？"翻译和创作通俗小说而外，周瘦鹃还创
作了大量的散文小品。他的散文小品题材广泛，行
文驳杂，有花草树木、园艺盆景、编辑手记、序跋
题识、艺界交谊、影评戏评、时评杂感、书信日记
等，涉及社会生活的多个方面。此外，周瘦鹃还是
一位成就卓著的编辑出版家，前半生参与多家报
刊的创刊和编辑工作，著名的有《礼拜六》《紫罗

兰》《半月》《紫兰花片》《乐园日报》《良友》《自由谈》《春秋》《上海画报》《紫葡萄画报》等，有的是主编，有的是主持，有的是编辑，有的是特约撰述。据统计，在1925年到1926年的某一段时间内，他同时担任五种杂志的主编，成了名副其实的名编。另外，他还写作了大量的古典诗词，著名的有《记得词》一百首、《无题》前八首和《无题》后八首等。

　　周瘦鹃一生从事文艺活动，集创、编、译于一身。在创作方面，又以散文成就最大，其中的"花木小品""山水游记""民俗掌故"被范伯群称为"三绝"（见范伯群著《周瘦鹃论》）。而"三绝"之中，尤其对"花木小品"更是情有独钟，不仅写了大量的随笔小品，还成为闻名天下的盆景制作的实践者。据他在文章中透露，早20世纪20年代末期，他就在苏州王长河头买了一户人家的旧宅，扩展成了一个小型私家园林。从此苏州、上海两地，都成了他的活动基地，在上海编报刊、搞创作，在苏州制作盆栽、盆景。而早年在上海

　　女冠子

选购花木盆栽的有关书籍时，还曾巧遇过鲁迅。在《悼念鲁迅先生》一文中，他透露说："记得三十余年前的某一个春天，一抹斜阳黄澄澄地照着上海虹口施高塔路（即今之山阴路）口一家日本小书店，照在书店后半间一张矮矮的小圆桌上，照见桌旁藤靠椅上坐着一位须眉漆黑的中年人，他那瘦削的长方脸上，满带着一种刚毅而沉着的神情。他的近旁坐着一个日本人，堆着满面的笑正在说话。这书店是当时颇有名的内山书店，那日本人就是店主内山完造，而那位中年人呢，我一瞧就知道正是我所仰慕已久的鲁迅先生。"买有关盆栽的书而邂逅鲁迅先生，周瘦鹃自称是"三生有幸"，而此时，他还不知道鲁迅曾经大加赞赏过他的《欧美名家短篇小说丛刊》。鲁迅也偶尔玩过盆景的，他在散文集《朝花夕拾·小引》里，有这样一段话："广州的天气热得真早，夕阳从西窗射入，逼得人只能勉强穿一件单衣。书桌上的一盆'水横枝'，是我先前没有见过的：就是一段树，只要浸在水中，枝叶便青葱得可爱。看看绿叶，编编旧稿，总算也在做一点事。"这个"水横枝"，就是盆栽，清供之一种，如果当时周瘦鹃能够和鲁迅相认，或许也会讨论一下盆栽制作也未可知啊。

这次编辑出版《一生低首紫罗兰——周瘦鹃文集》文丛，是在《周瘦鹃自编精品集》的基础上，对周瘦鹃主要作品的又一次推介，或者说是一次延伸。文集中不仅收入了他很多的原创作品，如小说、随笔、小品、序跋、后记、编后记等等，也收入了他的翻译小说，即从他的那部影响深远的《欧美名家短篇小说丛刊》里，精选了部分篇什，分为《人生的片段》和《长相思》两册。周瘦鹃的其他原创作品，除《花花草草》之外，也精选了一部分代表作，编为六册，分别为《礼拜六的晚上》（散文随笔）、《落花怨》（短篇小说）、《女冠子》（短篇小说）、《喜相逢》（短篇小说）、《新秋海棠》（长篇小说）、《紫罗兰盦序跋文》等，这些作品和《花前琐记》《花前新记》等作品一起，代表了周瘦鹃一生中的主要创作成果。

由于水平有限，在选编过程中不免会有不妥或失当之处，敬请读者朋友们多多批评指正！

陈　武

2019 年 7 月 25 日高温于花果山下